花いっぱいの家で

大澤彌生

学芸みらい社

はじめに

私は城村先生の「自分史講座」を受けて、この本を書く気持ちになった。

それは今から数年前、『ぱしふぃっくびーなす』というクルーズ船に乗った時のことだった。船では退屈しないように、いろいろの催し物やゲーム、カルチャースクール等があり、私はその中の一つである「自分史講座」に関心を持った。だが、なんとなく難しそうに感じられ、一日目は敬遠したが、やはり、どうしても気になって二日目に、ちょっと覗いてみた。「城村」という女の先生だった。無造作な感じだが、何となく親しみやすそうだったので講義を聴いてみた。そしたら、その日から作文を提出させられ、めんくらった。

私は自分でも何回か自分史を書きたいと思ったことがある。私は自分史というのは、自分の一生をただ、だらだらと書き連ねることで、何が面白いのかと思っていた。第一私は文章を書くことが下手である。

ところが、講義を聴いて自分史に対する考えが変わった。

先生は書くことの始まりは、表現の技術よりも「何かを伝えたい」「この気持ちを書き記しておきたい」などの動機からであるという。エッセイ形式にして書けば書き易いといわれた。それは、私には新しい考え、発見であった。私は講義に来て良かったと思うと同時に、もしかして自分にも書けるかもと思った。

その希望を持ったところに今度は、先生は読み手の立場を考えて書きなさいという。

なるほど自分史とて、他人に読んでもらわなければ本ではない。その相手のことも考えて書く、これは当たり前の事かもしれない。

全十回の講義の後半では、例文を出して説明をしてくれた。なるほど、確かに人に読ませる文章とはこういうものかと私も感心するばかりである。

とは言っても、私にとって、書くだけでも大変なのに、人に見せることを意識するのはなお大変だ。まずは、そういうことは頭の隅に押しやっておいて、書きたい事は何かを考え、今度こそ挑戦してみようと思った次第だ。

主人は三年前に亡くなり、後の人生は私にとって、雑誌の付録のようなものである。私はその付録の人生を歩み、私にとって思い出深い雑誌の今までを、再考してみようと思う。

大澤彌生

花いっぱいの家で

―― 目次 ――

プロフィールを書く

講座の四回目に「自分ってどんな人?」という課題が出された。簡単に生い立ちを含めて自己紹介を書くようにということだ。

私の生地は富山県のH町だ。海岸に立つと、正面に真っ白な立山連峰が聳え立ち左に能登半島が湾を取り囲む、風光明媚な小さな漁師町の医者の長女として生まれた。

冬はスキー、夏は海。岩が積まれた突手の先で泳いでいると、シマダイやサヨリの子供が群れを作ってそばを通った。海岸まできれいな海、豊かな海であった。近くに小さな造船所があり、そこの丸太の上を飛び跳ねたり、野山にバッタを取ったり、いつも駆け回って育った。

国民学校初等科、私には何だか気になる男の子がいた。

夏、その子も一緒に田圃に蛍を取りに行った。蛍はいっぱい飛んでいた。畦の草むらにもピカピカ光っていた。彼は他にも子供がいるのに、私のてのひらに蛍を置いてくれた。その蛍を傷つけないように、逃がさないように、気をつけてそっと載せてくれた指先の感覚は今も忘れられない。

学校では、朝礼の時、私の向かい側でラッパを吹いていた。戦時中だった当時、音は勇ましく響いた。

私が、彼の教室の前を通ると彼はハーモニカで「さくらさくら」を吹いた。私は走って通った。私の名は彌生なのでそれにかけてこの歌を吹いていたのだと思う。

私は高等女学校に進み、国民学校の高等科二年生であった彼は、霞ヶ浦という所の予科練に入ったと友達から聞いた。霞ヶ浦など日本のどこにあるのか知らなかったし、予科練とは何をする所かも良く知らなかった。

終戦になっても彼は帰って来なかった。

私はずっと後になってテレビ等で予科練とは空の特攻隊員を養成する場所であることを知った。

その後、私は彼の事などすっかり忘れていた。

七十を過ぎて、私はゴルフのホームコースを霞ヶ浦の近くに買う機会に恵まれた。

当時、彼は富山からこんなに遠く離れた所へ大空に憧れて来たのかと、感慨深く思った。でもこんなに早く死ぬとは思っていなかっただろう。

彼は私の初恋の人だ。

女学校に入って終戦になり、農地改革があった。私の家は財産であった田を全て失った。父は八人の子持ちのただの貧乏医者となり、私は小さな時から行けるものと思っていた、東京の大学へ行くのを諦めた。

四年生の時、アメリカの男女平等の考えから東京大学など今まで男子のみ入学出来た学校が女子にも門戸を開くことになり、公立の富山薬学専門学校も女子が受験出来るようになった。

私の家は男の子が四人おり、上の専門学校へ女の私など行ける余裕はなかった。担任の先生が私に写真を持ってこさせ、同級生の願書を出すついでに応募してくれた。先生は願書費用も負担し、「薬剤師の免状は嫁入り道具の邪魔にはならないから」と言って下さった。母の姉は「行っておいで」と富山への汽車賃をくれた。

富山県は、女学校は四年制で、男子の中学校は五年制であったので、英語や数学は不利だったが、私は合格した。担任の先生も校長先生もとても喜んで下さった。私は先生を父母に次いで恩人と思っている。

父母は仕方なく入学を許してくれた。そして父は私の入学式にも付いて来て出席してくれた。

私は卒業して、薬剤師の免状を手に入れた。世間が私の目の前で大きく広がるのを感じた。

私は病院の薬局に就職し、寮に入り、昼と夜は患者さんと同じ食事をした。貯金ができる余裕があったので、株を買った。証券会社の私の担当だったのが今の主人だ。次期所長になるからというので、結婚した。

長男が生まれ、母乳の出なかった私はすぐに次の子を妊娠した。三、四軒隣に婦人科があった。二人も育てる自信がなかったので、そこでおろした。その後、三人目の妊娠で子供を産んだ時、出血が止まらなく、輸血をして、命をとり止めた。

主人は池袋の支店長になった。

念願の家も買った。

その頃、主人は風邪を引いた。ただの風邪だと思っていたが、それが元で、腎炎になった。

その後、三十年透析して七十九歳で亡くなった。

私は輸血の時、C型肝炎になっていた。闘病を続けている中、アメリカで開発されたインターフェロンのお蔭で、発病時十年持つかといわれた命を、もう二十五年以上永らえている。

息子は医学部を出て、開業している。娘も幼児教育の仕事をし、それぞれに男女二人の子がいる。

私は好きなゴルフをしながら、船に乗って旅行を楽しんでいる。

タヒチ旅行で、スノーケルにどこからか海水が入り、見えなくなって、溺れそうになったこともあった。お店の人が「スノーケルを付けて洗面器に顔を突っ込んで、呼吸する練習をしていきなさい」といわれたのに、やらない。いい加減な性格は小さい頃から変わらない。でも、そんな自分だから、深刻になりすぎず、「C型肝炎ウイルスとも何とか付き合って楽しく生きているのだと思う。

両親について

講座二日目の課題は「身近で書きやすいテーマ」というものだった。例えば、両親について書いてはどうかと勧められ、思い出がよみがえって来た。

私の祖父は開業医で、子供はいなかった。跡継ぎが欲しかった祖父は、医学部に合格することを条件に、父を養子にした。父の実父は早く死亡していた。祖父が跡継ぎに医者をとこだわったのは、自分自身が医者からこの家を継いだからである。三谷西田さんという人で、京都で高名な小石玄端先生から蘭学を学んだ蘭学医であった。町で最初に種痘をした人である。祖父はそこで三年間徒弟として修業し、東京の学校でしばらく学んで、医者の資格を取り、何人かの徒弟の中から選ばれて三谷さんの後を継いだ。自分の代で辞めては師匠の三谷さんに悪いと思ったのであろう。

父は祖父の家に入り、学費を出してもらい卒業した。

祖父たちの医院に、いつも家族の薬を取りに来ていたのが母で、そのおとなしいところを祖母に気に入られ、嫁として、家に入った。

祖父は私が二歳の時、亡くなった。

一人になった祖母は初めての孫の私を「目の中に入れても痛くない」の諺のように、自分の子のように可愛がって自分の手で育てた。女中には面倒をみさせても、母には触らせようともしなかった。

私の後、七人の子供をつぎつぎと産み育てた母は忙しく、私のことは祖母に託していた。女中や子守はいても、休んでいる母を見たことがなかった。養子の父に嫁いだ母は、実子の嫁とは異なり、父を全て頼る訳にはいかなかった。家の中の実権を持つ姑や、古くからいる台所の主のような女中、泊まり込みでいる看護婦達に囲まれ、朝から晩まで一日中、周りに気を使った。村長の孫として生まれ、特別な苦労もなく育った気のやさしい母にとって、突然、異質な世界に入って、大変な苦労であったと思う。後年、母は、子供達のためにじっと耐え抜いたと私に語った。

戦争が始まり、父は出征をした。実権を欲しいままにしていた祖母は終戦の年、まだ父が帰らぬ前に亡くなった。病の床にいても祖母は私以外の者には、母にさえも、身体をさわらせなかった。女学生になっていた私は便やオムツの世話をした。

終戦になって半年たって、父が戦地から帰ってきた。玄関は近所の人でいっぱいだった。私は涙が出て、涙が出て、一人で奥の部屋で、一刻も早く会いたいのに、涙が止まらなく一人で泣いていた。父が私の中でこんなに大きな存在だったとはその時まで気が付かなかった。

父は長女の私を高岡の親戚やデパートへ連れて行った。敦賀にも旅館に二人で泊まって、満州から引き揚げて来る父の妹とその子供達を迎えに行った。東京へも二人で行き、父の知り合いの家に泊まった。

偶然、父とドライブをする機会があった。それが父との一番の思い出だ。

私は結婚して子供達が巣立っていってからは、H町の実家へ帰るときは、いつも自分の車を使っていた。

父は大空に峰々を連ねる立山連峰を見て、「あんな山々のどこを通って来るのか」と不思議がった。

ある日、日曜日で診療が休みだったので、父に「そんなに不思議なら横に乗って来たら」と横に乗せた。その頃少し出来ていた小杉ＩＣから高速道路を通り、大沢野へ出て、神通川に沿って走り、神岡へ出た。神岡で神通川を渡ると、道は一路山へさしかかる。最後にあるのは、酒屋さんで、それからは家一つない登りの山道ばかりである。途中、奥飛騨温泉郷があった。その一軒に父と二人で入ったが、女湯はぬるくてすぐに出てきた。すると父も「男湯はぬるくて入っていられない」といって出てきた。

また一路、山路を登った。やっと安房峠（千七百九十メートル）に着いた。峠の店では、以前は珍しさもあって何かと買い物をしていたが、それもなく、「安房峠」の石碑の前で写真を撮っただけだった。今のような有料のトンネルはまだ造られていなかった。

そこを過ぎると噴煙が立ち上っている焼岳が、山道の右側の深い谷のすぐ上に見えてくる。さすが日本の屋根を越える気がしてハンドルを持つ手に力が入った。そのあと道は下りばかりで、急なヘアピンカーブをぐるぐる回りながら山を下り、奈川渡《ながわど》ダムまで下りた。ダム湖で一休みして、梓川を松本へと下った。

二人で松本城に入ると。外から見れば立派な城が、中は真っ暗で、階段は狭くて急で、住みにくい所であることに驚いた。それから父を松本駅まで送って行った。

父はやっと納得がいったようだった。

私にとって、忘れられない、父との楽しい旅であった。

母とは二人で出かけた記憶がない。私が家を離れて、下宿生活をするようになって、初めて母の愛を知った。終戦後間もなく、物のない時代、私が下宿から帰ると、私の好きな食べ物が山のように作ってあった。私は甘酸っぱい物が好きでズイキやキュウリの酢の物やホワイトシチュウ等も好きで下宿の食事の何倍も腹いっぱい食べた。

母は、また、小さな木のコタツを背中に背負って下宿へ持って来てくれた。遠い所まで、灰がこぼれそうになった重いアンカをしっかりと背負って、格好悪いなどとは思いもせずに、私のために大変だったろうと思う。終戦直後の下宿の家は押入れの天井に焼夷弾の落ちた大きな穴があり、押入れを開けると寒かった。ご主人が、落ちてきた焼夷弾を手で持って、外へほうり出した跡だそうだ。家は焼けずにすんだ。

私の部屋は北側で、冬は、朝起きるとガラス戸の中まで雪が積もって白くなっていた。その頃は、そんなガラス戸の家は当たり前だった。その小さなコタツの暖かさは、家を離れて初めて知った母の温かさであり、母のありがたさだった。

父も母も八十二歳で亡くなった。医者であった一番上の弟が二人とも家で看取った。見舞いに行くと、父は好きな煙草を病床でふかして「こんなうまい物はない」といって満足していた。肺がんだった。

母は軽い認知症であった。外には出ないが夜中の徘徊があり、弟たちは大変だったと思う。私たち多くの子供を生み育ててくれ、骨が脆くなっていて、痛いのでコルセットをしていたが、老衰で亡くなった。

私も子供を育て上げて、やっと親の有難さに感謝するようになったが、既に父も母も亡い。
父や母の墓も、主人の墓も名古屋にあり、一度に両方の墓参りをして来る。

やりたい事――花いっぱいの家

三日目、先生は「自分の好きなものやりたい事を、書いてみるように」といわれた。

好きな事で、何がやりたいかって？　私は花に囲まれた生活がしたい。

昔、祖父は、成田の田舎から出て来た人だったので、庭の一部を成田の田舎同様な木や羊歯《しだ》でいっぱいにし、その間に山道のような道を作り、お座敷から眺めて満足していた。その庭には草花はエビネ一種しかなく、おままごとにも使えず、女の子の私にはつまらない庭だった。

しかし家からちょっと離れた所にあったもう一つの庭には、サクランボのできる桜や、杏、花菖蒲、藤、むくげ、くちなし、枝振りの立派な大きな松もあった。私は花の名を、その庭のお蔭で覚えるようになったし、その影響で花のある家に憧れるようになった。

その庭は後に、病室の改装のため売られた。

結婚して、二人の子が出来て、アパート暮らしでは狭くなった。毎日終電で、タクシー代の要る主人のために、駅に少しでも近くて、便利ならば、それで良かったので、狭い敷地の小さな家で、日当たりもよくない一軒家を買った。

それでも当時は、桜草が家の周りいっぱいに咲いていた。しかし隣りにぎりぎりに二階建ての家や、四階建てのマンションが建ち、桜草もいつしか絶えてしまった。

子供たちが大きくなり、手が掛からなくなると、また花いっぱいの家に憧れた。

駅から遠いが、安い土地で、花が育ちそうな東南の角地を買った。日当たりの良い家も建てた。昭和五十五年、父と母が東京へ出てきた時、私は新築のこの家に泊めた。まだ庭には何も植えられていなかった。土塊だけの庭を見て、父は「これは楽しみな庭だな」と言った。私は夢が叶えられるとうれしくなった。

垣根にバラを這わせ、東と南はピンクのさつきでぐるりと囲み、しだれ桜や、窓際には藤棚を作り、椿やいろいろの草花も植え、それらは家を彩った。冬には雪の中から福寿草が真黄色の顔を出した。

私の好きな理想の家であった。

しかし、この花いっぱいの家は手が掛かった。仕事を持っている私には、週末はその庭の手入れで、休む暇もなく、主人と二人で、椿の毛虫に刺されながら、芝刈りや、草取りや、何やかやと大変だった。特に藤の蔓は切っても切っても伸びるし、バラは殺虫剤で手が掛かった。

そのうち主人は「こんな駅から遠いところは嫌だ」と言って来なくなった。結局、この花いっぱいの家は何年もたたず手放された。

もとの便利だが日当たりの悪い所で、花いっぱいの家にあこがれながら、でもその手入れの大変さを思い知った私には、やりたい好きなことは、いまや「憧れ」でしかない。

しかし心の底では、正直、諦めきれないで、今も狙っている。

私の好きな歌

好きなもののついでに、私の思い出の好きな歌について書いてみます。

「歌は世につれ、世は歌につれ」といいますが、私には「歌は人につれ、人は歌につれ」という感が深い。

私がプロローグで書いた担任の先生は英語の先生で、英語のプリントを持って来ていつもやらされて困ったが、英語の歌も教えてもらった、というより、先生が何回か歌っているのを聴いて覚えた。その一つに「谷間の灯」がある。しっとりとした歌で、私は日本の歌かと思っていたが、先生は英語で歌われた。私は英語の歌のほうが好きになった。この歌の日本語バージョンを聴くと先生を思い出す。英語で聴いたのは先生からだけである。その後も誰からも聴いたことがない。

私の学生時代に、好きで結婚してもいいと思った人が、二人いた。Aさんは優秀だが、顔が今いちで、Bさんは甘いフェイスだが、成績はAさんほどではなかった。

Aさんとは、汽車通学で家が同じ方面だったので、汽車の中でドイツ語の本をひろげながら、「菩提樹」や「野ばら」の歌を教えてもらった。一年生の私は習いたてのドイツ語で歌えるのが嬉しかった。彼には試験のヤマも教えてもらった。

Bさんからは「すずかけの道」を歌っているのを聴いた。彼は歌とは似ても似つかない、彼は学校の私の机の中に、死んだ雀を入れて私が驚くのを見ておもしろがっていた。歌っている彼をよく思い出せない。私がその歌を他の友達に教えてあげたのを、忘れてしまっていたら、友達から手紙がきて、「テレビで桂三枝が歌っていて、学生時代あなたから習ったのを思い出して涙が出た。庭は雪で真っ白です。」と書いてあった。私もそれを読んで昔を思い出し、涙が出てきた。そして今までずっと覚えていてくれたことを嬉しく思った。

主人とは「水色のワルツ」が流行していた頃、ダンスに行っていたので、この歌が思い出の曲である。

ピアニストのテディさんの曲で一番好きなのは「愛情物語」である。奥様への愛情が溢れている、私は今まで二回しか聞いたことがないが、そのすばらしさ。ピアノの音の美しさは他の曲より一段と良いと感じる。是非もう一度聞きたいと思う曲である。

城村先生はどんな歌が好きですか？　私には推理するのはむずかしいですね。

今、私自身は、歯切れの良いタンゴが好きですが。

私の怖いもの1　C型肝炎

城村先生は自分の書きたいと思うものを書けばいいといわれたけれど、書きたくないけれどこれを書かないと他の項を読んで意味の判らない所が出てくると思います。私の人生の主軸を成している私と主人の病気のことである。やはり書かねばと思い書きます。

私は病院のベッドで麻酔から目が覚めた。さぞ痛いかと思ったが、何も感覚がなかった、これはあの子の復讐なのだろうか？　まだ虚ろな心の中で考えていた。

世の中に怖いものは「地震、雷、火事、親父」というが、私には「病気、病気、病気、又病気」である。

幼い頃、私の母の一番上の兄と兄嫁とその長男の一家が結核で亡くなった。

その従兄といつも遊んでいた私も罹った。何とか治ったが、いつもひ弱で熱ばかり出している子だった。私の母の母、祖母は親のない従兄を可愛がった。祖母は二人を海へ連れて行った。彼は足の裏で海の砂をほじくって大きなハマグリを取って満足そうに、満面笑いを浮かべて私たちに見せた。中学校の運動会にも、私は連れて行かれた。彼はその時べつに辛そうには見えなかった。皆と一緒に走っていた。祖母と私は手を叩いて応援した。それから一年くらい彼と会わなかった。私は一人で子供の足ではかなり遠い母の実家へ行った。彼の部屋はそのままであった。彼の姿はどこにもなかった。

誰も私に教えてくれなかったけれど、私は初めて、病気が人をいなくしてしまう怖いものであることを子供心に知った。私は棚から「のらくろ一等兵」の漫画を出して何回も読んでいた。淋しさが辺りを包んでいるのを感じた。

プロローグで少し触れたが、長男が生まれ、母乳の出なかった私は半年くらいでまた妊娠した。私は長男を産婆さんの所に半日預けて勤務していた。小さな町で他に薬剤師がいなかった。赤ん坊のいない間にお勤め、買い物、掃除、洗濯、料理をすませた。私は長男だけでも手こずっている不甲斐ない母親で、二人などを育ててやっていける自信がなかった。全ては言い訳かも知れない。亡くしたその子の命は永遠にもどらない。

四軒ほど隣に婦人科の医者があった。奥さんは内科でだんなは婦人科である。待合室は内科の患者だけであった。だんなは評判が悪く、子どもをおろして、片足が動かなくなった女もいると後で知った。前述したように私はそこで掻破《そうは》をした。

出血がいつまでも止まらなくて一時間以上電車に乗り、富山の病院へ何回も通いやっと止まった。次の子が生まれた時、主人の実家に長男を預けて、近くの産院で産むことにした。しかし前の傷が元で二千 cc の輸血をした。私はだんだん手足の先から冷たくなり、他の人の話し声は遠くなり、意識が薄れていくのを感じた。医者が来てすぐ輸血をした。医者は十二月の早朝で車のエンジンがかかるのに五分もかかったといった。意識が戻り、身体も普通の体温になった。でも他人の血液を自分のものとして使用するのは自分の身体の中で何かが闘っているような、何ともいえない苦しさを感じた。ともかく一命は取り留めた。

しかし五十五歳を過ぎた頃から身体がだるく感じるようになった。医者でアリナミンの注射をしたが、だるさは治らず、他の医者に行った。そこで血液検査をされ、すぐに大きな病院に行くようにいわれた。市民病院に行ったら、すぐ入院と言われ、私は病気が悪性のものであることを知った。まさか輸血がもとで肝炎に罹っているなど夢にも思わなかった。その頃C型肝炎のウイルスは発見されていなかった。私は三週間余り入院して、黄色いアミノレバンの点滴をした。病室は三人部屋で広々としていた。食事は美味しく、十時にはブドウ一房のおやつも出た。

病室が一緒だった一人は六十過ぎだが「桃子さん」と先生は呼んでいた。司法書士のご主人が夕方になると見舞いに来た。もう一人中年の女の人がいた。自分で自転車の後ろに洗面器、着替えを一式積んで一人で入院して来た。ご主人は見舞いに来なかった。どう見ても彼氏のような人がいつも来た。「ご主人は？」と聞いたら「昼も夜も忙しい仕事だ」と答えた。いろんな人が居る所だと思った。

ある夜先生があわただしくしていた。どうしたのかと思ったら、桃子さんの息子さんから電話があって、ご主人が倒れたらしい。先生は「すぐ連れて来なさい」といった。でも桃子さんのご主人が息子さんに連れられて病院に来た時はもう手遅れであった。桃子さんには亡くなったことは教えなかった。葬式の日に知らせたと聞いた。それから半年入院していて桃子さんは肝不全で亡くなった。

私も仕事を辞めざるを得なかった。私は職業柄、自分の病気や治療薬についていろいろ本で調べたが、ウイルスがまだ発見されていないので、何も解明されていないとあるだけで、治療薬もなく、後十年生きられるかどうかの命だとわかった。身体は、動くのもだるく、他の人と話をするのもやっとだった。私はつくづく下ろした事を後悔した。

しかしその後、ウイルスの研究も進み、三年経った一九八九年に「インターフェロン」がアメリカで開発され、その治験薬を主治医は多くの患者の中から男二人、女二人に試すこととなり、私も選ばれ注射をしてもらった。その結果、血液検査で、肝臓のＡＳＴやＡＬＴの数値は百以上あったのが十五まで下がった。しかし注射を止めるとまた上がった。ウイルスの型もb_1型と判った。その型は薬の効き目が悪かった。でも私は自費で七十万円出してもう一度四週間注射をした。ウイルスはなくならなかったが、だんだんだるさが少なくなって、半年も経たずにゴルフができるようになった。

主人と一緒にゴルフを楽しんだ。

夢のようであった。

また二〇〇二年にイントロンAとレベトール併用療法が保険に新しく採用されて治療をした。肝臓の血液検査値は良くなったが、血小板が一・七万になり下痢と嘔吐がひどく、私はあまりの辛さに救急車で病院に行った。ゴールデンウイークで病院は休みであったが、当番の内科医は私のカルテを見て「主治医を替えることですね」とだけいった。私はその意味を「治療を止めなさい」の意に解釈して勝手にその治療を止めた。そして身体が元になった時、東京の虎ノ門病院に行った。そこの先生は「もう一週間続けていたら、貴女は脳内出血で死んでいたでしょう」といった。でもその病院は遠かったので近くの大学の付属病院に通うことにした。

その後肝臓もだんだん悪くなり、だるくなって主人と一緒に老人ホームに入ることにした。あちこち回って調べ、家から少し遠いけど新しくてきれいな老人ホームに二人で入った。しかし私はその性格からか、とてもその雰囲気になじめず、我慢して居たら血圧が上がるので、半年位で私だけ出てきた。

病院を駐車場に車を入れやすいのでその大学の付属病院にしたのだが、そこは医者の養成所であった。腹部エコーや血液検査に行く度に新しい先生が受け持ちになる。初めて診察に出たかのような若い先生は、患者の質問を適当に切り上げられないのがドアの外まで聞こえてきて、いつまでも付き合っていてひとり一時間もかかり、午後の三時、四時まで待たされた。私は不安を感じた。その時点で他の病院へ移るべきだった。七月初めに行った時も、初めての先生は自分の専門は消化器でも「私は肝臓が専門ではない」と、ろくにエコーの画像も見ないで「がんは無い」といった。それなのに十月四日にまた初めて会った医者は「四センチのがんがある。こんな大きながんは原発がんでなくて何処からかの転移がんである。」といった。しかし検査の結果、原発であることがはっきりした。前の医者が見落としたのである。手術の日は十二月三日に決まった。

手術の日が決まると「もうこれまでの命だ」と思い、その前にしておきたい事、ゴルフをした。

太平洋クラブ軽井沢コースへ行った。クラブバスは、私一人だった。運転手はスタート時間もわかっていて、親切に紅葉の一番きれいな道を選んで走ってくれた。私は一生の見納めと思って雲場の池も楽しませてもらった。そのあと、次に軽井沢町のゴルフコンペが「新軽井沢ゴルフ場」であり、なかなか当たらない抽選に当たっていたので、友人と一緒につめたい雨の中プレーした。私はもう死んでもよいと思った。

最初に戻るが、病院のベッドの中でもうゴルフも出来ないし、歩くこともやっとで、早く死にたいと思いつつ横たわっていた。十六日間でそこを出され、執刀医の伝手《つて》で近くの病院に移った。

そこは老人達ばかりの病棟であった。私は毎日ベッドの中で家の物置にある農薬スミチオンや枯草剤のことを考えた。コーヒーに入れたらどんな味だろう、いや味なんてどうでもよい、苦しまずにちゃんと死ねるだろうか？　だがやはり「生きたい」と心のどこかで望んでいたのか、毎日廊下の手すりに捉まって伝い歩きの練習をした。

子供達は「こんな所に置いておくとママは死んじゃう」と私を勝手に赤坂の山王病院に移した。私の病室は南側で、窓から東京タワーや六本木のビルがよく見えた。そこでも考える事は農薬のことだった。三、四日して先生は外出許可を出し、「外へ出て歩いて来なさい」といった。私は赤坂郵便局まで四、五回休んでやっと行き、前の石段にハァハァして座り込んで休み、やっと帰って来た。次の日は午前、午後と外出させられた。また郵便局まで歩いた。今度は二回休んだだけで行くことが出来た。町はクリスマスも終わっていた。前の石段に座りながら向かい側の赤坂御所の緑をバカみたいに眺めていたが、まわりを眺める余裕が出来た。その後乃木神社やミッドタウンや裏の坂道を歩いて富山会館へも行った。

喉の病気で入院したことのある娘は「ここは食事がとてもいいのよ」といった。しかし私は一日の塩分量が六グラムに制限されている肝硬変食である。美味しいなんてものではない。一日六グラムの食事をしたことのある人でないと解ってもらえないだろう。

先生はそっと私にいった「大澤さん、外出の時たまには、こっそりカレーを食べて来てもいいんだよ」と。この先生はとてもいい方で、最近私が腎盂腎炎で敗血症になりかけて救急車で運ばれた時も大変お世話になった。

ある日息子から電話があった「お母さん、百万円以上はお母さんが自分で出してね」。もうとっくに百万円は越えている。私の部屋は一日五万円であった。私は先生にいった。

「明後日ここを出ます」。先生はいった「切りのいいところで今月いっぱいでいいだろう」。月末まであと三日多い、十五万円である。私は娘にその明後日の日に迎えに来させ、家に帰った。

しかしそれからが一番大変であった。

肝臓を三分の一切り取った人間に、おいそれとまともな生活は出来なかった。私は大根一本持ったまま足が一歩も前へ出なくなってスーパーの戸口に寄り掛かった。醤油も牛乳も買えなかった。掃除は以前から来ていたお手伝いさんが週一回来てしてくれた。布団は重くて持てないので敷きっ放し、掛け布団も持てないので、自分を中にもぐり込ませて寝た。朝はふとんの間から這い出して起きた。食事はスーパーで「ちらしずし」や「ほうれん草のおひたし」「てんぷら」「さしみ」など少しずつ買って来て食べた。駅に近い便利な家だったのでスーパーは近くに三軒もあった。

二月に介護保険を申請したが、申請者が一杯で四月三十日になるといわれた。そんなもの当てには出来ないと諦めた。駅の反対側の少し離れた社会保険病院にやっと歩いて行った。医者は「ここは山王病院とは違う。あんたより点数になる患者がいっぱい入院を待っている」といって、血液検査だけで何の治療もしてくれなかった。検査値は前の病院では五十八だったＡＳＴが百六十七に、ＡＬＴは四十から百三十四に上がっていた。

私は前の病院に入院していた時から、娘が東京に出て来てアパートに住んでいたので、頭金を出してあげるからと一軒家を探させていたのだが、なかなか良い物件が無く、やっとなんとか見付けて買わせ、四月九日に引っ越して同居した。病院も東京の社会保険中央病院に変えた。

二〇一〇年にまた一センチのがんがあるから様子を見て手術をしましょうといわれた。一センチ六ミリになったので手術をした。でも今度は全身麻酔ではなく、局所麻酔で、がんに通じている血管も一本だけなので肝動脈造影塞栓術で手術は前より簡単で身体の負担も軽くすんだ。

手術の後、もっと近くに他の病院があるのを知って、そこへ移った。

二〇一二年にまたがんがあるといわれ、私はがっかりしていた時、息子さんががんセンターに勤めている友達が遊びに来て、そのことを知ると息子さんと相談してくれて、セカンドオピニオンとして診てくれるといわれて、そこで調べてもらった結果、「がんはない」といわれ現在に至っている。

ところで私は、病院で多くのC型肝炎の人と友達になった。同病相哀れむからか、互いに自分の事を話した。

私より一つ上の月野さんは三回目のがんの手術の後二十日位経って「お腹が痛い」と入院した。しかし出血多量で一週間して亡くなった。吉田さんも三回目の手術のあと、一カ月後の検査だと病院に行った。ただの検査だと私は思っていたのに、一週間ほどで帰らぬ人となって出て来た。三人目の人は心臓も悪くペースメーカーをしていた。やはり三回目のがんのあと帰らぬ人となった。

ただ一人、私の女学校の同級生でC型肝炎なのに一度もがんにならずにいる人もいる。

昨年NHKテレビの「今日の健康」を見ていたら、肝炎のシリーズをやっていた。日赤の先生が新薬のシメプリビルやアスナプレビル、ダクラタスビルなど新しい薬の話をされた。私は早速先生に紹介状を書いてもらって、テレビに出ていた日赤へ行った。先生は「がんになったことのある人には治験をしていないが、今年の暮れには発売になるだろう、しかしDNA鑑定で合わなければ出来ない」といわれた。

血液検査をしたことのある人はご存知と思うが、結果報告書の左に検査項目、次に検査した数値、次に基準値が書かれている。私は現在、総たんぱくやアルブミン、ヘモグロビン、赤血球、血小板などが基準値よりさらに下である。ビタミンなども測れば低いと思う。何をしてもすぐ疲れる、少しでも寒いとすぐ指先が真っ白になり、感覚もなくなる。他の人より着込んでも寒い。それで冬は南方へ行く船に乗るようになった。ゴルフはよく練習して行くより、よく休んで行った方がスコアーは良い。コンペの前一週間はよく休んで行く。

主人は発病する前から私のことを「おばあさん子は三文安い」と私のがんば

りがきかない事を揶揄したが、今は頑張るどころか何も人並みには出来ない。知らない人が見ると怠けていると見られると思う。気にしないことにして横になっている。横になるということは、私の場合心臓と肝臓の高さを同じにして、少しでも多く血液が肝臓に流れるようにするためである。船に乗ってもたとえば夕食まで四十分時間があったらタイマーを掛けて横になる。これはこの前船に乗った時、隣の部屋の人がしていたのでこれはいいなと思って私もしている。

私はまだ三回目のがんになっていない。私は九時には寝る、疲れたら充分休む、ミノファーゲンの注射をする、塩辛いものを食べない、たんぱく質をとる、鉄分を採り過ぎない、勿論アルコールは飲まない等のことを守っている。ゴルフはウイルスさんの目を盗んで続けている。私は肝臓にある程度の刺激も必要と考えているので、私の活力の元と勝手に考えている。

以上が私の病気の話である。

私の怖いもの2　人工透析

私がそんなにも病気を怖がる理由は、もう一つ、主人の病気がある。私の家では、私が肝臓、主人は腎臓が悪かった。「肝腎かなめ」が悪いのによく生活してこられたものであると自分ながら感心する。主人は「透析しているのによくお金があるわね」といわれ、「透析しているからお金が残る」と説明していた。お金を使うことが出来ないからである。普通の人のように飲んだり、お腹一杯食べたり、遊んだり、海外旅行に行ったりしていれば待っているのは、死だったからである。

主人は三十八歳の時に溶血性連鎖状球菌が元で風邪に罹った。一週間位して営業中に身体が急に悪くなり、近くの医者に駆け込んだ。「腎炎だ」といわれ、埼玉国立病院に一カ月ほど入院した。溶連菌の感染は免疫異常により腎臓の糸球体がつまって腎炎を引き起こす。糸球体は尿をろ過してきれいな血液にして身体に戻している大切な臓器である。風邪といって侮れないのであった。

もっと長く休んで抗生剤をしっかり飲めばよかったかもしれない。高い熱が出たのだから菌を検査するべきだったのかもしれないが、当時はそんなことはしなかった。私は小さかった子供達をつれて東京の練馬近くの病院まで見舞いに行った。しかし主人はピンピンしていて悲壮感はなかった。だが治った訳ではなく、腎炎が始まったばかりだったからであった。

その後血液検査の数値も悪くなり、腎センターに通うようになった。透析を一日でも遅らせるため食事療法をさせられた。毎日食べた物を記入して一週間毎に見せに行った。たんぱく質、塩分、水分の制限である。一日に卵は半分、豆腐は半丁、魚は小さなのを一切れ等、ご飯や人参やほうれん草一葉も秤で重さを量り記入した。カロリーの制限はなくあめ等はどれだけ食べてもよかった、酢も制限はなかった。弁当には何かの酢の物を必ず入れた。幼稚園児のような小さな弁当を持って主人は会社に行った。以前は満員電車に一時間も立って行くことは当たり前だったのに、発病後は電車は六時十五分発に乗り座っていった。私は料理が苦手で頭をひねって弁当を考え、毎日苦心して作った。腎センターへ行く時は朝の食事を作った後、番号札を取りに行き、一番目に診察してもらい少しでも早く会社に行けるようにした。その日は仕事場でいつもより疲れているのを感じた。

透析とはどんなものか、近くの透析病院へ二人で聞きに行った。先生は「運動場をぐるぐる何回も走った時の辛さだ。一日でも遅くなるように食事療法をしっかりしなさい」といわれた。

それでも透析になった。月、水、金の週に三回である。透析の日は三時に会社を出て病院に行き、九時に私が車で病院へ迎えに行った。ない日は普通に通った。その間会社に行っていてもだんだん職階は下がった。主人は文句を言いながらも五十八歳まで勤めた。あの頃はバブルの最中で首になるようなことはなかったが今だったらもっと早くに退職させられていたであろう。

しかし透析になって良くなったのは食事である。一つ一つ秤にかけてから作る必要はなくなった。主人は好きなラーメンや鰻も普通の量なら食べられるようになった。私達は方々へ食べに行き、美味しい店を探した。ラーメンは「後楽」、鰻は「大和田」、すしは「月島」、月に一回は出かけた。

主人は心臓が丈夫だったので、楽しみはサウナであった。水分の制限があったので、サウナに入って体重を減らし、その分冷たい水を飲むのが何よりうれしかった。サウナ友達も出来て楽しそうにその話をしていた。

時には土日の透析のない日に方々へドライブした。あちこちの温泉にも行った。一番喜んだのは秋、紅葉真っ盛りの五色沼であった。私達は毘沙門沼の前の宿に泊まり、沼を巡って散策し、不思議に色の違う沼の色と周りの紅葉を眺め、帰りは裏磐梯の全山燃え輝く山々を眺めつつ山を下りた。

前述のように私の肝臓も悪くなり二人で老人ホームに入った。しかし私だけ出て来た。私ががんの手術をした時、それで主人の心配をしなくてすんだ。

主人は血管が細く透析の時針を入れるシャントがすぐ悪くなり何回も手術をした。院長はシャントを作るのが上手で方々の病院から依頼されていた。透析も二十数年に及び、カルテの厚さは他の人の倍はあった。小児科を開業している息子は「自分や看護師達の保険料を出す時は父の医療費だと思って支払う」といっていた。話は少し違うが、私の友人は車の速度違反をして、違反金が東日本大震災以来高くなったので「東北の被災した人達への見舞い金だと思うと払える」といっていた。どこかニュアンスが似ていると思った。

娘に子供が生まれて、初孫に会いに行った時、主人は「辛い透析を続けてきた甲斐があった」と涙を流して喜んだ。

透析の病院にはゴルフの同好会があり、お医者さんや看護師さんも一緒にゴルフを楽しんだ。私も入れてもらって主人と一緒に回った。透析になっても十年以上ゴルフをしていたと思う。錦が原ゴルフ場へ早朝ゴルフに行った時、指の関節にたんぱくが溜まってゴルフクラブが握れなくなってプレーが出来なかった。それ以来ゴルフを止めた。

老人ホームで介護士が車椅子の主人をベッドへ移そうとして二人で転倒する事故が起き、首の骨を傷め、自分で身体が動かせなくなった。その若い女の子は主人に正座して手を付き泣いて謝った。主人は私がその女の子の名前を聞いてもいわなかった。私が訴えると思ったらしい。介護してもらったことに感謝していた。

身体が動かなくなった主人に手が掛かるという理由で、ホームを出て行ってくれといってきた。私は友人達に相談した。友人は弁護士を紹介してくれた。

私はつめたい小雨の降る寒い日、県庁の近くの事務所に行った。裁判も覚悟していた。また県の老人ホーム管理課へ次のような手紙を書いた。

拝啓

先日有料老人ホームサンライフで起きた主人の事故についてお電話しました大澤でございます。

この間の電話での内容と十二月四日田口社長との面談について一応書面でお送りします。

この八月に女性介護士さんの不注意で二人で転倒し、首の骨を痛めて、自分で歩くことは勿論寝返りや携帯電話、目の前のお菓子も取れなくなりました。…（中略）…。施設長から昼間あまりにブザーが多く、行かないと大声で呼ばれて大変なので出て行って欲しい、といわれました。私は「午前中二回、午後二回、あと排便等生理的な時だけブザーを押すようにいいますから」といいました。それでも施設長は「家政婦を付けて下さい」といわれました。私は「三時間位なら」といいましたところ「二十四時間付けて下さい」といわれ、私は

「そんな身体にしたのはそちらじゃないですか、責任をとって下さい」といいたかったのですが今後またお世話になると思うといえませんでした。介護度も3から5になり、何のための介護保険かと思います。そこで市の高齢介護課に行きました。そこでは「民と民の間のことに口は出せないけれど、老人ホーム協会に相談しなさい」と電話番号を教えられ、それでなければ弁護士しかないといわれて電話したところ「入会しておられたが、今は脱会されているからここでは何とも出来ないけれど、県庁のここへ電話しなさい」と電話番号を教えてもらいました。十二月四日に田口社長と施設長と川北ケアマネ、小野看護師の四人と私と娘で話し合いました。社長は「出て行ってくれ、さもなくばプラス幾らかのお金を払ってくれるかのどちらかですね。金額は後日知らせる」といわれ、何らの謝罪もありませんでした。娘が「こんな身体にしたのはそちらではないか」といいましたら「あ、考え方にギャップがあるのですね」といわれました。

私は十二月に肝臓がんの手術をし、いつまた再発するか分かりませんので、主人の世話をすることは出来ません。困っています。このままお金を出すしかないのでしょうか、十二日に弁護士の無料相談があるので行ってみようと思いますが、何か良い解決策はないものでしょうか。師走のお忙しいところよろしくお願いします。

十二月七日

その後、弁護士に相談したことを主人に伝えた。ホームも弁護士に相談したのか、それから一週間もしないで、手のひらを返したように社長自身が主人の部屋に来て「今までと同じに入っていてよい」といいました。それでも一言の謝罪の言葉もなかった。

今までも介護は大変だったのに、これからもっと大変だと私にも推測でき、頭の下がる思いがすることも事実であった。

主人の関節に溜まる蛋白のため全身の痛みが激しくなると、透析病院の先生は、新しく出来た入院施設のある病院に移した。

私が行った時、モルヒネの四十倍の効果があるといわれる薬を処方されていた。しかし副作用の吐気がひどく食べたものをすべて吐いた。幻覚も現れた。

しかし痛みは嘘のようになくなっていた。主人はほっとしたらしい。食べた物を全部吐いてしまうので、薬を替え、燐酸コデインをしばらく飲んでいたが、デュロテップMTパッチに変えた。私は友人ががんの末期緩和ケアをしている時使っていたので知っていた。副作用はなかった。この薬はモルヒネの七十倍の鎮痛効果があり、痛みの神経も麻痺させるが呼吸機能の神経も徐々に麻痺させるので死に至る。新しい病院の先生は主人の身体の状況を話し「もう透析の出来る身体ではない、一応短い透析はする。が何を食べても良いですよ」といった。私は主人が好きだったカップラーメンを食べさせた。先生は「何を食べましたか？」と尋ねた。「カップラーメン」といったら大笑いしていた。久しぶりにさぞ高価なものを食べたと思っていたのであろう。私は肝臓病のため頻繁には行けないので家政婦さんを一日二時間付けた。主人はカレー等その日に食べたい物を買って来て貰って食べていた。その人は病院にいつも介護に来ている慣れた人だった。身の回りの爪切りや髭剃り、耳かきまで上手にしてくれた。主人は病院に来てひどかった全身の痛みもなくなり、好きなものも食べられたが、それからしばらくして、或る朝、息を引き取った。

尾瀬の思い出

『ぱしふぃっくびーなす』の中でコーラス教室に入った時、歌の中で偶然思い出した四十年位前の事を書きたいと思います。

長い間、歌など歌ったことがなかった私は、先ず、高い声が出なくなってしまっている自分に驚いた。年だなぁ！　と改めて思った。ソプラノで歌ったのは昔の夢と消えていた。

先生は滝廉太郎の「花」や「フニクリフニクラ」や「私が好きな歌」の項で書いた「野ばら」のドイツ語の楽譜を皆に配られた。その歌の中に「夏の思い出」があった。

「まなこつぶれば思い出す」……私は遠い昔を思い出した。

夜十一時に大宮から空の貨物列車に乗せられた。その中で少し寝て、朝四時に群馬県の沼田に着いた。四時に沼田に着くにはその貨物列車しかない。私は尾瀬へ行く人達のためにあったのかな？　と思う。降りたらそんな朝早い時間なのにバスが何台も並んで待っていた。その一台に乗り込み大清水まで行って、そこから山道を歩いた。木道に出た。あたりは歌そのままで、朝霧の中に浮かび来る景色はすばらしいというより神々しく神秘的であった。私はこんな景色は生まれて初めて見た。燧岳や至仏岳をバックに点在する白樺の白い幹、水芭蕉の季節は過ぎていたが、見渡す限りワタスゲの白いわたぼうしが可愛く見事で、木道の周りの水辺にはいろいろな珍しい水生植物が小さな花をいっぱい咲かせていた。私には感激の一言であった。

私は職場の人達に連れられて来ていた。木道は何キロもあり、歩いているうちに貨車の中で殆ど寝ていなかった私は疲れてきた。店長は一番年長の私の荷物を担いでくれた。仕事でもとても良い人でまだ若く、高崎から通っていた。帰りは高崎線の乗り越しの常習犯で、彼の駅は高崎のもっと先か電車の車庫であった。奥様は車で乗り越し先まで迎えに行った。

高崎線で思い出すのは、私の主人の実家が高崎線沿線にあったことだ。主人は喧嘩をするとすぐ実家へ帰った。その頃は八時を過ぎると今のような新幹線どころか電車は殆ど走っていなかった。前の電車が出たばかりの時などはなお待てども待てども来なかった。乗り換え駅の大宮のプラットホームは広くて風が吹き抜けて寒い、今のような「駅中《エキナカ》」はもちろん時間待ちする暖かい所も無い、主人はそっと帰って来てベッドにもぐりこんで寝ていた。

話が横道にそれたが、長い木道を長蔵小屋にたどりついた。長蔵さんという人は電源開発で尾瀬が湖の中に沈むことになった時、反対運動をして、尾瀬の素晴らしい大自然を守った人であると聞いた。

事務の女の子がフランスパンを切ってキュウリとハムを挟んでくれた。そんなものでも最高に美味しかった。今ではどうか知らないが、その頃の山小屋は寝るスペースを提供するだけの所だった。私達はそのままごろ寝をした。女の子と私の目の前に店長の足がドタンと出てきた。二人で力いっぱい遠くへ押しやった。皆で重なるようにして寝た。山小屋は夏の最盛期であった。

山小屋の朝はすがすがしくて気持ちが良いの一語に尽きる。朝は何を食べたか思い出せない。

私達はまた木道を東電小屋のほうへ歩いた。鳩待峠でやっと車に乗って帰って来た。

昭和四十九年頃のことである。

それから私は車の運転が好きで方々へ旅行したが、尾瀬は日本で一番すばらしい所と今でも思っている。昨日、テレビで秋の尾瀬の燧岳と草紅葉を映していた。しかし同じ尾瀬でも歌にある「霧の中に浮かびくる」の朝早い風景でなくては駄目だと私は思う、それに肌に感ずる空気や吸い込む息など本当の良さはテレビでは味わえないのである。

今は立派な宿が方々にできているようで、もし、先生がまだ行かれてない様でしたら、私は早朝に大清水から入られる道を是非、お薦めします。

軽井沢の家

私の家には唯一の財産である別荘が軽井沢にある。バブル前の安い時に土地を買って、主人が会社を辞めた時に、家を建てた。主人は既に透析をしていたので追分の駅に近い所を買った。

それ以前は、近所の佐藤さんのご主人が顧問をしている会社の軽井沢の別荘を借りて夏はご主人に連れて行ってもらっていた。ご主人が亡くなられ行けなくなったので、今度は他の友人の別荘へ毎夏行っていた。前の友人は私のドライバーの腕を買って、白樺湖や別所温泉へ遊びに行くのに運転させるため、また主人はマージャンのメンバーとして必要で、透析のない土曜日に来て月曜に帰った。後の友人は車を持っていなかったので、私の車を目的に私を泊めた。

私はそれ以来軽井沢のトリコになってしまった。主人に散々ねだって土地を買い別荘を持った。いつも他人の別荘に五日か七日位しか居させてもらえなかった私にとって自分の別荘は何日も気兼ねなく滞在出来る、そしていつでも好きな時に行ける別天地で、高いお金を出しただけのことはある。醍醐味は格別であった。

家の南と東に小さなドウダンツツジの木を植えた。今では立派に二メートルの高さに伸びた。秋には錦織りなすカーテンが家を囲む。

前の項で花いっぱいの家を手離し、それでも今も狙っていると書いたのは、その時は、土地だけ買ってあった軽井沢で、もしかしてという気があったからである。

私は軽井沢の春のゴールデンウイークの前が一番好きである。ベランダから見える谷に鶯はまだ鳴かないが、その静寂さは何ともいえなく雰囲気が良くて空気が美味しい。

軽井沢の町では山桜と白いこぶしの花が春の町を彩る。私はその頃のプリンス通りをドライブする、道の両側のこぶしの花を眺めながら。昨年は寒くて花が一つも咲かなかった。今年はどうだろうか？

花いっぱいの家は軽井沢の庭で春に見事に実現する。真先にみつばつつじが葉もない枯木からうす紫の透けるような花で木全体を蔽い、妖精のように春が来たことを告げる。

　すると他の花もいっせいに咲き始める。薄ピンクのシャクナゲとピンクの濃いシャクナゲの間に真白い花を一・五メートル四方位の大きさに二本花開かせる。その後方にピンクの花木が咲く。白い花もピンクの花もツツジ科だが名前は忘れてしまった。それらの花々が盛りを過ぎると真赤なヤマツツジがもえるように新緑の木々をバックにして庭をいろどってくれる。

　これらの低木は楢や栗の高い木が葉を繁らせる前に花を咲かせ、次の年の花芽をつける。

　夏が近づくと鶯がやっと啼き始める。私のゴルフのホームコースでは三月になると鳴いているのにここはやはりそれだけ寒い。

　桃が出来る八月半ばになると知り合いの桃農家から桃畑に落ちた売り物にならないけれど食べられる桃をいっぱい貰って来て、ジャムを作る。友人たちはそれを貰いに来て軽井沢で遊んで行く。孫たちには、その桃を粗く切ったものでゼリーを作ってやるのが楽しみである。

九月末になると栗が庭にいっぱい落ちる。山栗は小さいが味が濃く美味しい。皮を剥くのが大変であるが、塩とみりんで味付けして栗おこわにすると手間を掛けた分絶品である。

最初、私は庭に大宮から買って来たササユリを植えたが三年で出てこなくなり、植えもしないヤマユリがところ狭しと出てきて八月に花を咲かせ、一本に八つも花を付けるのもある。ユリ独特の清楚で甘い香りを漂わせ、ベランダまで匂ってくる。鳥が種を運んだのだ。

薄黄色のゆうすげ（アサマキスゲ）は夕方からの庭の女王のように咲き出して庭を燦然とひき立てる。軽井沢の植物園に行くといっぱい咲いており、「皇太子殿下御下賜　昭和五十七年七月」と立札が立ててある。しかし昼間萎れる前に見るので我が家のほうが立派に見える。

ここではマージャンとゴルフが楽しみで、友達たちが毎夏来て楽しんだ。主人が透析の時は三人でゴルフ、帰ってくると四人でマージャンで、透析に行かない日は朝から始まった。近所の別荘のご夫婦ともいっしょによくマージャンをして遊んだ。皆さん定年後の人達で、弁当持参で主人と方々の家へ行った。

サウナの好きな主人はここでも本格的な二人用のサウナを作った、透析のない日は毎日先ず大きな水筒に氷を入れて冷たい水を作っておき、サウナに入り、水風呂に飛び込んだ後、体重計に乗ってサウナの汗の出方が少なくて、水の引きが足りないとまたサウナに入って、風呂に入るのを繰り返し冷たい水を飲んで満足していた。

主人は透析を始めた頃は小諸厚生病院でしていたが、道の反対側にあったジャスコが佐久へ移ったら患者が少なくなって透析治療を止めたので上田まで通った。後に御代田の病院に移った。御代田では送迎バスがあって助かった。

子供たちは孫たちが小さな頃は夏になると来て、一週間か十日滞在し、十人の大所帯になった。その頃這い這いしていた孫も二十歳の成人を迎えたり、大学生になったりしている。私にこの土地を教えてくれた追分の別荘のご主人は「孫は来てよし、行ってよし」といつもいっていた。娘や息子が孫を連れてくると急にわいわい賑やかになり楽しいが、無事に帰ったと電話が来るとほんとにほっとする。外孫は特にそうである。

でもその別荘のご主人も亡くなった。マージャンの仲間だった人達も亡くなった。ゴルフの友達も亡くなって、主人も亡くなり、ベランダでの楽しいマージャンも絶えて久しい。軽井沢に来るのは私一人となった。娘は用があって来ても忙しいからとその日の内に帰ってしまう。息子も年に一回私への義理立てのように来るだけである。

一番の話し相手は右隣の人であった。東京の高校の教職を定年になり、夏だけ住むつもりが、すっかり気に入って殆ど定住者の様に過ごしておられ、佐久のスイミングクラブに通ったりして元気な人だった。私の軽井沢での大切な情報源であり、些細なことでも一人で出来ない事を気軽に頼めるし、パソコンで何でも検索してもらえる隣人だった。向こう隣の人も蛇の抜け殻がベランダにあって怖くてとれないからとか、雨戸が一カ所どうしても開かない等何かと頼られていた人だった。

昨年四月に「また来るね」と言って別れた。ゴールデンウィークに看護師をしている奥さんが来られた。久しぶりに会った彼は「ここ一カ月黒い便が出るんだよ、車に座るとお尻も痛い」といった。奥さんは驚いて近くの胃の内視鏡が専門の医者に連れて行った。医者は診てすぐ佐久総合病院を手配した。

検査したら肺が原発で、すでに六カ所に転移していた。お尻の痛いのは皮膚がんだった。私が七月に行ってから一週間位で亡くなられた。しばらくは信じられなかった。彼の好きだった別荘で葬儀が行われ、奥さんは少しでも長くここに居させたいと、秋も遅くなってから東京に運ばれた。リスの餌付けもしていらしたので、私の所へもしょっちゅう通っていた。そのリスも見えなくなった。リスもどこかで泣いているだろう。

隣人の居なくなった我が家は一層寂しくなった。

左隣の人は作家で夜に仕事をしている。仕事部屋から見える道にカモシカが電灯の下を歩いているとか、いのししが二頭で前の空き地をぐるぐる廻っていたとか、あれは縄張り争いをしていたのだとご主人は話していた。

また一軒おいた隣の家では二年前、軒先に蜂の巣がいっぱい人の見えにくい所にあった。蜂がよく飛んでいるなと家の人は思っていた。その軒先に斜めに張り出したミズナラの木が二本あった。或る夜熊が来て木に登り、軒先を壊し蜂の巣をみんな取っていった。軒下のひさしには大きな穴が開いていた。あんな力があるのは熊しかいないと皆で話していた。

動物が居るのはそれだけ自然が豊かであるといえるだろう。でも熊には気を付けねば。そんな私の別荘である。良かったら先生も一度来て下さい。

勤務先のいつまでもすてきな社長さん

私の主人は転勤が多く、私もその都度職場を変えた。主人が病気になり、ずっと本社に居るようになり、私も初めて長く勤めた。その勤め先の社長の話である。

昨年の暮れに電話がかかって来た。覚えのない声だが、どこかで聞いた声だと思ったら私が以前勤めていた所の社長だった。思いがけない人からの電話にびっくりし、またなつかしくうれしかった。彼は「大澤さん久しぶりだね。今度息子に社長を譲って暇になったから、一度大宮へ出て来ないかね」といった。私は「来年暖かくなったら、こちらから電話をする」と約束した。

考えてみると二十八年ぶりである。その後奥さんには何度か会ったが社長とは辞めて以来初めてであった。

彼の一家とは長い付き合いである。東京の狭い間借りから、少し広いアパートに越した時、たまたま隣同士であったことに始まる。

私は上の子を幼稚園に入れ、下の子を連れて、十時から三時まで週四回働いていた。上の子が帰ってきても、まだ私は帰っていなくて、隣の家に上がり込んで遊んでいた。まだ一歳にも成らない子供のいた奥さんは嫌な顔もせず息子の相手をしてくれて、息子は「隣のやさしいおばさん」と大きくなるまでいっていた。

社長はその頃大和製薬会社の社員で北海道の方の営業を担当していた。家に帰っているのは一週間もなかったが、帰ってくるとすぐ夫婦喧嘩が始まる。私はまた始まったと壁に耳を付けた。いつも「出て行け」と大声で怒鳴っていたが、出て行ったのは見たことがなかった。

すぐ後で知ったが、彼は大和製薬では五本の指に入る営業マンで、酒は好きだが一人で飲むことはなく、担当の薬屋の旦那達は彼が定宿へ帰る前から集まって来て毎晩のようにふるまい酒であった。彼の会社の薬の推奨販売は勿論、お客さんの一番目につく所に会社の薬を山と積ませ、赤い宣伝旗も一本のところ、二本も三本も立てさせた。当然売り上げは上がり、上司の覚えも良かった。

しかしそれには会社からの交際費だけでは足りない。自分の給料も使った。その頃、給料は今のように銀行振込ではなく、手渡しだった。家に帰れば当然喧嘩であった。

しかし奥さんのお父さんが亡くなって遺産が二十五万円入ったそうだ。主人の給料が五万円のときである。それは大金であった。

彼は奥さんに小さな店を借り薬剤師を雇って、大和製薬の薬を置き、薬局を始めさせた。その店は周りに薬屋がなかったので繁盛し、忙しかった。彼は会社を辞めて店を手伝った。二人目の小さな子供を車の横に乗せて、配達をしたり注文をとったりして、お得意さんを増やした。彼は程なくして少し離れた所に広い土地を買って本店を建て二人の男の使用人も雇った。

数年後彼は漢方の講習会に何日か出席した時に、これはいいなと思って、漢方薬を始めた。

私はその頃アパートを出て駅に近い家を買い、新しく建て替えていた。彼は台所まで入ってきて「漢方を始めるからうちに来いよ」といった。私はこれは面白いと思って彼の所に勤めることにした。

やり手の彼は女性週刊誌に広告を出して客を集め、患者の症状や体質がくわしくわかるような質問書を作り、その返事を見て、私は漢方薬を作って送った。そのうち自分でも屋上に釜を据えて民間薬の薬を作り始めた。

薬草を買いに私は彼をトラックの横に乗せて千葉県の銚子のほうまで行った。彼はちっとも運転しなくて終始私が運転した。私は祖父母の墓が成田にあり、いつも一人で行っていたので慣れていたし、道も彼より良く知っていた。彼は横で奥さんと会う前の話を面白くしてくれた。「高校の時いたずらで、付文を書いたらその母親からひどく叱られた。しかし年頃になった娘に相手が見つからないので、昔のことを根に今度は母親が僕を追い回した。僕はたまらなくなって東京へ出て来た」。私は退屈しないで行くことが出来た。昼には新鮮な魚の昼食も食べた思い出がある。運転は皆から褒められていた。彼も安心して乗っていた。

彼は強引なところがあり、マニュアル車しか運転したことのない私をいきなり自分の3ナンバーのオートマチック車の運転席に乗せ、自分は横に乗って「運転してみ」と家の周りを五、六分程運転させ、すぐ東京に荷物を運ばせた。

彼が新しい車に買い換えた時「うちの社員でこんなの持てる人は、あんたしかないから」と私にその3ナンバーの日産のフーガをくれた。私は富山の両親の所へ帰るときに使った。私のマニュアル車と違い乗り心地が良く疲れなかった。特にくねくねした山道を走ると全く疲れが違うのがはっきり判った。

彼は薬の工場のために広い土地を、私の「花いっぱいの家」の近くに買い漢方薬の製造を始めた。思ったことは即実行する人であった。

私は五十歳を過ぎて免疫力がなくなり、発病して会社を辞めた。

そのあと彼の工場は薬草の乾燥機から火が出て焼けてしまった。焼けた資産は二億円といわれた。焼け跡に建て直し、今は何十億という。さすが彼だと思う。彼は私にいつも「自分はどんな時でも金にならない酒は飲まない」といいながら酔いつぶれていた。彼の働き盛りの頃を思い出す。

久しぶりに大宮で会った彼は永年の腹心らしい運転手に運転させて来た。「どこへ行こうか?」「何が食べたい?」と聞くから、私は主人が入院していた時、高いけれど大宮で一番美味しいすし屋のすしを、いつも買って持って行っていたので、そこのすし屋へ行きたいといった。美味しいすしを食べながら近況を語り合った。私の病気や、工場のこの頃の事を話し、すぐ時間は過ぎた。久しぶりに彼が話すのを聞いて楽しい時を過ごした。「又電話してね」といったら「そっちから電話しろよ」といった。忙しく動き回っていないと気がすまない人だ。このままではボケてしまわないか心配である。どこか美味しい所を友達に教えてもらって今度は私から呼び出そうと思っていたら、彼から電話があった。

「今、元の大澤さんの家の前にいるんだよ。ちっとも変わってないよ」

彼の工場も広い大きな自宅も、主人が「こんな駅から遠い所は嫌だ」といったあの花いっぱいの家の近くにある。いつも散歩コースの一つにして前を通るそうだ。「大澤さんがまだここにいたらお茶の一杯も飲んでひと休みできたのに」という。私もそう思うが、あの頃はお互い多忙であった。

彼が私の昔の家を覚えていてくれて、電話してくれたのが嬉しかった。そのうち彼の家へ遊びに行って、もとの家ものぞいてみようかなと思った。

『古代エジプトの秘薬』を出版して

薬学専門学校時代の先輩に富永さんという人があった。彼は薬科大学の学長になった時、公務で忙しくなり、自分が読みたい本を読む暇がなくなったので読まないかと、古代エジプトの医学について、カイロ大学の先生が書いた、十冊位の英文の本をくれた。

私はアガサ・クリスティの探偵小説でも読むつもりで、軽い気持ちで引き受けたのだが、エジプト人が英語で書きエジプトで印刷された本で、文章になっていない所や誤字誤植が多く、私は半年くらい奮闘したが嫌になって返そうかと思った。それでも思い返して訳したり、一年も殆ど開けて見なかったりした。又夜中に思い立って読んだりもした。

しかし途中から本の内容に興味が出て、八年ほどかけてそれでも読み終えた。訳したものを見せに行ったら先輩は「本にしてみないか」といわれたが、本の中に出てくるドイツ人のエジプト語学者が書いた「Grundriss der Medizen der alten Ägypter」（古代エジプトの医学書の概説）がどうしても読んでみたくなった。

大学のドイツ語学科の科目履修生として二年間勉強し直した。大学では日本人の先生にドイツ語文法とドイツ文学を、ドイツ人の先生に、ドイツ語会話を習った。そのドイツ人の先生は、ドイツに留学していた日本の女子学生が帰るのを追いかけて日本に来て結婚し、自分で探して大学に職を得た。若い彼はボウズ刈りのつるつる頭に、夏でも黒い皮のスーツとズボンを着て、蛇皮の靴を履き大きなバイクで通って来るハンサムボーイであったが、毎日ドイツ語で日記を書くのが宿題であった。閉口し、苦労した。

自分の車で通学していた私は茨城から来ている日本人の先生をいつも浦和の駅まで送ってあげて親しくなった。先生は出版社から貰ったであろう参考書を「読みなさい」といろいろ下さった。

やっとドイツ語は何とか出来るようになった。

さてその本を入手しなければならなかった。

私は浦和の図書館へ聞きに行った。図書館の人は親切に調べてくださって「勿論日本には東大にも京大にもない。ドイツで五十年前に出版されたこの本は、ドイツにもなく、イギリスのケンブリッジ大学の図書館にあるだけである」と教えてくれた。

私は英語は読み書きはしても電話で話した事は一度もない。私は正直困った。そこで自分の伝えたい事を英文に書き電話の横に置いて、ケンブリッジに電話を掛けた。

「I am calling from JAPAN」といったら、相手の人が替わり「もし、もし」といった。助かった。私は自分の用件を日本語で伝えた。その人は「自分の経歴、見たい本の名、その理由を書いて図書館へ送るように」といった。英語を書くのは自信がある。いわれたように書いて送った。

何日かして図書館から返事が来た。「必ずこの手紙を持参するように」と書いてあった。私はその手紙をしっかり持ってイギリスに渡った。

ケンブリッジの町は、ヘンデルとグレーテルが家の影から今にも出てきそうな十八世紀の色濃い町であった。大学の建物も図書館も歴史を感じる堂々とした古いが立派なもので、町そのものが文化遺産のようであった。

図書館に入ると玄関の横の小部屋に通された。写真を撮られ、日本の運転免許証の様な、写真入りの入館許可証が手渡された。それを出入り口の木製の細い穴に通すと、十文字をした木の柵の戸が開いた。

私は中に入ってはみたものの何処へ行って良いのか分からず、立ち尽くしてあたりを見回した。するとそこへ日本人と思われる二十歳位の女の人が図書館の本をうず高くつんでかかえ通りかかった。私は思わず日本語で問いかけた。若い女の子はいろいろどうすれば良いか教えてくれた。私たちの若い頃はケンブリッジ大の図書館で働くなんて考えも出来なかった。今はいい時代だなと思った。

私はいわれたとおり、二人も乗れば一杯になる、小さなガタガタする古いエレベーターに乗って八階に上がった。そこは東洋や中東のコーナーであった。立派な髭を鼻の下にたくわえ、がっちりした体格のいかにも中東の紳士らしい人が窓際で本を読んでいたので、尋ねると、私に本の場所を教えてくれた。その前にその本の棚の場所だけ付く電気のスイッチを教えてくれた。私はやっと

図書館の利用の際に使用したIDカード

その本を手にした。感無量とはこのことかと思った。電気を消して、コピー室へ行った。

ケンブリッジの図書館は、日本のデパート丸井の葵社長の寄付で日本のセクションを作っている最中だった。だから交換手はすぐ日本の人に替わらせたのだと判った。図書館に畳半畳の大きさの紙にそのことを書いて貼ってあった。

日本の大学の休みの時期に行ったので日本人の教授らしき人達をよく見かけた。コピー機のそばにもそれらしき人がいた。私はコピー機のお金の入れ方を教えてもらった。大学の食堂へも昼食を食べについて行った。その人は滋賀県の大学の教授であった。夕食に安くて良いところがあるからと会員制のクラブの食堂にも連れて行ってくれて、「あなたは年をとっているからきょろきょろしないで堂々としていれば疑われないから」といった。

その本はエジプトの象形文字で書かれた医学書をドイツ語に訳した本で四巻から成っていた。

私は日本に帰ってこれら四巻の本を訳し、前にエジプト人の書いた本と二冊を底本にして先輩にいわれていた本を『古代エジプトの秘薬』という題で書き、出版した。本は五千部程売れた。

しかしゴルフの好きな私はせっかくイギリスにまで来て、それだけで帰る訳はなかった。私はゴルフバッグにドライバーは大きいから止めて、三番ウッドから六本にして入れ、空いた所に着替えを詰め込んだ。スカートも丸く棒状に巻いて入れ、ゴルフ用のボストンバッグとを金属製のカートにくくり付けて持っていた。東京でイギリスの観光協会へ行き、ケンブリッジのパンフレットを貰い、ゴルフの出来る宿を探してFAXで予約しておいた。仕事が終わって、その宿へタクシーで直行した。

次の日、宿の主人は私に会員券を渡し、受付に出すようにいって、タクシーも手配してくれた。受付はゴルフショップと同じ所で、日本ではただのチビタ鉛筆やマーカーが売られていた。私はプラスチック製ではない、金属製で赤や黄色の模様が塗られたマーカーが欲しいと思ったが鉛筆まで売る所だ、さぞ高いだろうと思って止めた。

私はスペイン人と二人のイギリス人の女の人と組まされた。イギリスはゴルフの発祥の地というが、こんなにマナーの良い人達は日本では見たことがなかった。私の日本の友達は私がティーグラウンドに立つとわざわざ黄色い声をはりあげて「おねえさん頑張って」と叫ぶ。ここではティーグラウンドに誰かが立つと皆シーンとしていた。フェアウェイでも誰かが打つ時は、皆立ち止まってその人の方を見ていた。私の近くにいる誰かが傍に来てくれて「手前にクリークがある」とか「グリーンの奥は池だ」とか注意してくれた。私が左にひっかけた時、真直ぐに飛んだイギリス人の人が私の玉のところへ一緒に来てくれて「そばのクリークに入らなくって良かったね」といって私が打ち終わったのを見て、自分の玉の方へ行った。私だったら「この下手な外国人」と相手にもせず自分の玉の所に行っただろう。

ハーフが終わると、スペイン人の人は私をお手洗いに連れて行き、水も買っておくと良いと、一緒に水を買いに行ってくれた。プレーが終わるとオレンジジュースをご馳走してくれ、そこのゴルフクラブの理事長を連れてきた。理事長は「日本人が来たのは初めてだ」といって握手をしてくれた。

他国の地でこんなに楽しくゴルフが出来ると思っていなかった。私の一生の思い出である。

ダンス

もしこの本を、船のダンスの先生が読まれたら、あの人はダンスは上手に踊れないのにとおっしゃると思う。

私は昭和二十五年に一面の焼け野原の跡にはじめて建ったダンス教習所に友人と二人で通った。彼女は富山薬学専門学校の隣の席で、化学の分析実験も二人で組んでやっていた。ブロムの反応が出たからブロバリンだとか、これはスルピリンらしい等、適当に二人で書いて提出してダンス教習所に急いだ。彼女は遠くから通学していたので早く帰る必要があった。彼女は後にイタイイタイ病の分析で県の権威となり彼女のお墨付きがないと認定されなかったと、同級生がいっていた。

学校の野球部や他の運動部は遠征の費用を稼ぐのにデパートの一室を借りて

度々ダンスパーティを開いた。私はただで潜り込んで踊っていた。二十代の頃はワルツでもブルースでも二、三回教えてもらえば、基礎を少し習っていたのですぐ踊れた。はやり始めたマンボもその場で習って踊っていた。今のようにむずかしいアマルガメーションや何やかやだというのはなかった。ただ先輩たちと踊っていれば楽しかった。

卒業して東京へ仕事で出たときは、渡辺貞夫のバンドが出ているからと水道橋あたりのダンスホールへ行ったり、店の名は忘れたが新橋の高いけど広くてゆったり踊れるところへ行った。別に自分だけ下手だと思ったことはなかった。

主人は日本橋の本店に居た頃、習ったらしく、銀座のダンスホールへ連れて行ってくれた。

自分たちの家を買ったときに近くにホールがあったので二人で行った。しかし子供達も大きくなるにつれて全く行かなくなった。

あれから半世紀、私は船に乗った。ダンス教室があって、昔を思い出して行ってみた。しかし永年やらなかったので全く手も足も出なかった。

二、三年前に孫を連れてスキーに行った時も、昔滑れたのに手も足も動こうとしなかった。私は転んで骨折したらと思ってすぐに止めた。でもダンスは下手でも骨折する心配がないので習うことにした。

ところが若い頃と違って先生に言われても言われても身体は覚えてくれなかった。次の年も船に乗り、また初級のダンス教室に行った。私はあたりを見回して、あまり上手くなさそうな、けど私よりちょっと上手い川村さんと組んだ。ステップを間違えても気兼ねがいらないからだ。そのうちある人がいった。「川村さんばかりと踊っているといつまでも上手くならないよ、もっと上手な人か先生と踊るようにしなさい」と。

私は二回目の船を降りたあと、ダンス教習所へ行って習った。少し上手になったけど、肝硬変の私には無理で、すぐ疲れて止めてしまった。

三回目の時も初心者のコースに行った。船の中ではちょうどいい運動になるからだ。

川村さんも初心者のクラスにいたが前より上手くなっていた。「仕事が忙しくて夏は練習やってる暇がない」といっていた。私も前年よりは少しましに踊れるようになっていた。川村さんは私に「上手くなったな」と肩を叩いてそっといった。

教室の人たちは皆七十代かそれに近い人たちだ。四人の先生は熱心に教えて下さるが、二十代の人達とは違う、何回いわれても、その通り身体は動かない、先生は汗だくである。

でも私はもし又船に乗ったら初心者のクラスに行くだろう。向上心の全くない生徒だけど、船での私の楽しみの一つだからである。

「そんな服着ないでよ、恥ずかしい」

船に乗るのに新しい服を買おうと思っていた時、ブランドの服を売っている店からバーゲンのお知らせの葉書が来た。私は早速行って上下セパレートになっているが同じ布地なのでワンピースとしても着られる服を買って来た。家で着てみたら、とたんに娘と大学生の孫が笑い出し、「お腹とお尻の出ているのが強調されたみっともない服は止めてよ！」と叫んだ。私は色が気に入ったし、少しぐらいミットモナイのは年のせいで、でもなんとか見れるだろうと思って買って来たのにがっかりした。高価だったのに結局船へは持っていくのを諦めた。

昔、小学六年生の時、薄青い地にピンクの濃淡の花柄のある布地でワンピースを縫った。私はそれに黄色のベルトを付けた。先生は私が一生懸命縫ったのに一言も褒めないで、私のベルトを批判した。先生は共布か、布地の中の一色で作りなさいといった。帽子や他の服飾品もその中の色に似たものにすれば、上品に見えるといった。私は大きくなってそれが正しいと判ったが其の時はすごく悔しかったので忘れられない。

旧制の女学校には制服があったので服の心配はなかった。

専門学校の時、実家の向かいの家の友人の従姉妹が何人も雇って、服を縫っていたのでそこで作ってもらった。そのご主人は、近くのデパートに勤めていたが、私の服は彼がデザインを考え、奥さんが縫ってくれていた。終戦間もなくで、アメリカからいろいろなデザインが入って来ていた。縫ってもらった私の服はどれも時代の先端をいくスタイルで、みな気に入って喜んで学校へ着て行った。修学旅行で東京へ行った時、国立衛生研究所をバックに撮った写真があるが、いつ見ても飽きのこないすてきな服である。

ところが、ご主人がデパートを辞められ、東京のデザイン学校に入られた。奥さんも店を閉めて、東京で一介の縫い子さんとして勤められた。

私はF町のご夫婦の家へよく遊びに行っていた。ご主人も歓待して下さった。広い庭のある家で、お正月に行った時は、床の間に一輪真紅のバラが活けられていた。その頃はめったにバラなどなく、私も初めて見る生の切花のバラだった。ご主人は「お正月を迎えるための唯一の贅沢」といって美しいバラを眺めていた。私も感動して眺めていた。

そんな家に住んでいられたのに、私が東京の家に遊びに行った時には、二人は池袋の四畳半一間のアパートに住み、上がりがまちに七輪を置いて干鰯を焼き、薄揚げの混ぜご飯をご馳走になって帰った。

その後、ご主人は洋服のデザインコンテストに優秀な成績で何回も入賞され、一躍有名になられた。芦田淳や森英恵等その時代一流のデザイナーと肩を並べる様になられた。銀座の松坂屋に彼のコーナーがあり、私は二度ほど見にいったが二十万円位の服で、私にはとても手の出せる服では無くなっていた。軽井沢の別荘へもおじゃました。奥さんは「今、杉村春子の舞台衣装を作りにハワイに行っているのよ」と話されて、昔と変わらぬ歓待をして下さった。私は無名の時だったら又素敵な服を作ってもらえたのにと思った。

私の家は浦和の伊勢丹に車で十九分、大宮の高島屋へは十五分で近く、よく買物に行った。

そのうち高島屋のピエール・カルダンの店員さんと親しくなった。彼女は店員の鑑のような人で、一度でも買った人は名簿に付け、いつ、どんな色の服を買ったかをきちんと記録していて、二度目には必ず挨拶をした。彼女が本社から仕入れて来るものは「大澤さんをイメージして持って来たのよ」とお上手をいって買わされたりしたが、彼女の持ってくるものは私の好みにマッチしていた。たまたま彼女の居ない時に買って来たら、あとで「あれは今度『ミセス』の四月号に載るので、まだ売れないだろうと思って目立たないよう重ねておいたのに、本が出ない前に持って行っちゃったの、ほかのお客さんにいわれたら困るわ」といった。彼女は定年で辞めた。

売り場には代わりの店員が来た。同じブランドなのに私が買いたいと思う服は店頭から消えた。

彼女がいなくなって、後カルダンで買ったのは喪服だけだった。それは十一万円で私には高かった。しかしスカートの広がりぐあい、丈の長さ、スーツの洗練された形、勿論布地や縫製はしっかりしていて高いだけのことはあると思った。欲しいと思ったけれど、ちょっとすぐには手がでなかった。一割引きのセールをする時まで待った。安くなる日に急いで行った。まだ売れていなかった。ほっとした。この間、図書館で婦人画報の十月号を見ていたら、ピエール・カルダンのブラックフォーマル十二万円の写真が二頁で大きく出ていた。一段とすてきなブラックフォーマルであった。

その前までは私は大宮の高島屋が出来た頃に「ブラックフォーマル一万円均一セール」で買った服を着ていた。布地は厚手で寒い葬式の道端で長いお経の間立っていても暖かく出来ていた。その頃暖房のきいた葬儀場などはなかった。喪服は黒くてヤボッタイものと決まっていた。でもこの頃は素敵なデザインの服をみな着ている。

私がイギリスのケンブリッジに丸めて持って行ったスカートも彼女から買ったお気に入りの服の一つである。この間もその服を着て孫の大学の入学式に嫁と行った。二十年経ちこの年齢になっても其の時の好きな服は飽きない、スーツの上下の丈も腰をカバーしてくれている。

娘は誕生日のプレゼントに四万円以上するゴルフウェアをプレゼントしてくれた。勿論、体型の出ない服である。

91　「そんな服着ないでよ、恥ずかしい」

コロンボ

『ぱしふぃっくびーなす』はコロンボに着いた。

コロンボとはどんな所か特別に興味があった。

数年前、お盆で軽井沢からの新幹線が込んでいたので私はグリーン車に乗った。列車を待っている間ホームのベンチで私の隣に掛けて、私が見たことのない小さな英字がびっしり書かれた本を読んでいる大分お年の紳士がいた。私はあまりに英文の字が小さかったのでその人を覚えていた。

列車に乗るとその人が隣の席に座った。そのうちことばを交わし、彼は「昨日離山に登った」と話した。私は年の割に元気な人だと思った。昨日は午後に雨が降ったので「雨に遭われなかったですか」等と話していた。

そのうち彼は「お幾つですか?」といった。私は女性に年を訊くなんて変な人だと思ったが、身なりや話し方からこの人は信用しても良い紳士だと思ったので、自分の運転免許証を見せた。彼は「あなたは四月で私は一月生まれだから私が年上ですね」といった。私は「何の証拠もないのに」といったら、彼は「日本政府代表、スリランカ平和構築及び復旧・復興担当」と「国際文化会館、理事長」の仕事の二つの名刺を取り出して私にくれた。彼は元国連大使の明石康さんであった。

コロンボの観光バスのツアーで、ガイドさんは「日本の援助によって作られた……」と度々いった。日本の大使館の前も通った。日本語で「日本大使館」と書かれていたが、前にはスリランカ人が警護して立っていた。

独立記念館に立ち寄った。その広場で麻袋からコブラを出して見せている蛇使いがいた。私は面白いので写真を撮ろうと構えた。その時、「大澤さんダメ！」と後ろで大声がした。私は急いで止めてふり向くと小島ツアーディレクターがにらんだ顔で立っていた。もし私が写真を撮っていたら、ただではすまない所で、大金を払わせられるか、ひと騒ぎが起き、蛇使いはだまっておとなしく引き下がることはないといった。助かった。ここでは写真ぐらいというのは通用しないのだ。

この前バリ島のお寺に行った時、小さな子供が百円で絵葉書を売りに来た。よく見るとそんな子供があちこちに居た。そのとき「買っては駄目」と注意されていた。一人から買うと大勢押し寄せて来て大変なことになるといわれた。私は日本の常識で考えるだけでは暮らしていけない他国の恐ろしさがあるのを感じた。そして世界中を行き来している彼の顔を思い出した。日本に居るのとちがった日常の生活の大変さもあるのかな？　それとも大使ともなればそんなこと関係ないのだろうか?。

あらためてコロンボの町をバスの中から見直した。

キャプテンのお話から

城村先生もキャプテンはお会いになられてご存知だと思います。

或る日船内でキャプテンのお話があった。私も興味を持って聞きに行った。

船長はいつもお話が上手である。

私は一昨年バリ島で船長とたまたまペアでゴルフをしてキャプテンなるものに関心を持つようになった。それまで、船長といえば、我々乗客にとっては雲の上の人である。船長としての仕事だけでも大変だと思うのに率先しての乗客へのサービスやダンスやゴルフや歌まで上手でなければならない。やはり普通の人間では出来ることではない。

船の中でゴルフの練習時間があった。船長のドライバーのフォームは満点であった。私は上手な人と組めてよかったなぁと安心した。

ところが、いざゴルフ場でティアップをするとその完璧なフォームはどこへやら、飛ぶことは飛ぶが「右や左のだんな様」で、しまいに隣のホールに行ってしまって、そこから出そうとしてチョロをしたのを前の組の人達に見られてしまう羽目になった。私は船長も人だなあと思った。

船長のお話はいつもその人柄がにじみ出ていて、お話に聞き入ってしまった。お話の中で船長は昭和三十六年生まれだといわれた。私の息子も三十六年生まれである。話は飛ぶがこの間階段の上から偶然息子の頭を見て、毛が薄くなっているので驚いたが、可哀想で何もいえなかった。船長の頭の毛も見るところフサフサではない。いつも帽子をかぶっているから判らないが若い頃はもっとフサフサとあったはずだ。ダンスの時、上から見たら大分少なそうであった。五十を越え、今までの苦労が頭にも現れる年齢なのかなと思った。

従業員の話では一年の内三分の一も日本に帰られないし、帰られたのだと思っていたら本社に出ていて殆ど家に居られないそうである。この間の話でも、休日に庭の植木の手入れをしていると隣の奥さんが、船長さんの奥さんに「あの植木屋さんは下手だからもっと良い職人さんを紹介してあげるわよ」といわれたそうだ。たまにしか帰らないのにゴルフ場へ行かれる機会があるのかしら？　私は本番で下手な理由が判った気がした。でも私は年をとった時のためにも是非続けてもらいたいと思う。私の息子も下手だが続けてくれればと思っている。息子の子は大学受験の最中である。私は孫バカ、船の中で電話が通じなくていらいらし、フィジーでやっと通じたら、「まだどこも発表していないよ、今日も受験に行っている。お母さん期待しないで」と息子に叱られた。船長もお子さんがおありなら同じ年頃で、お子様の心配もおありでしょうが、そんな顔は微塵もされることはい。皆さんお出来になるから心配ないのであろう。

商船学校時代、日本丸の帆柱の上で命の縮む思いをした事も話された。その後も荒海を越え、大変な経験もされていると思う。

私は息子と同じ年と聞いて、人柄の良さばかり見える船長のその心の奥も感じられる気がした。

ピアニストT先生

船に乗っていると大抵挨拶の始まりは、「どこからいらっしゃいましたか?」である。

三年前初めて船に乗った時、エントランスホールでピアノを弾いている人があった。アーチスト紹介文に、渡辺貞夫のバンドと共演されていたとあったのに興味を持った。その人の奥様らしき人が隅の椅子に掛け静かに時々手で拍子を取りながら聴いていた。私は例のごとく「どこからいらっしゃいましたか?」と声をかけた。私はこんなミュージシャンの人たちは大抵東京に居られるのだろうと思っていたのに意外にも「熊本から来ました」といわれた。私は長男の嫁が熊本の人で毎年美味しいメロンやミカンが実家から送られて来るので、「熊本は果物が美味しくていいですね」といったら、「そうですか? 地元にいると特別美味しいと思いませんよ」と期待はずれの答えが返ってきた。奥さんはいつも甘いミカンを食べているのでそれが普通のミカンになっているのであろう。あるいは嫁の実家では気を使って美味しいのを探して送って来るのであろう。

昔ナベサダが出演しているというので行った水道橋のホールは狭くて客がいっぱいで、バンドの場所も狭くて確かピアノはなかったと思う。その後、自分のバンドと共演するようになられたのであろう。

船のエントランスホールにはピカピカの螺旋階段があって、その下で弾いているピアニストは面白い構図だったので、私は写真をとって差し上げた。一枚はきれいに撮れていたが、もう一つはボヤケていた。奥様は「ボヤケているのを捨てようとしたら、僕は他からこんな風に見られているんだね。それも捨てないでといったのよ」といわれた。その後ピアノを聴きに行き、話をしていてお友達になった。「東京へ来たら知らせてね」といって別れた。

新大久保でコンサートがあるからと場所や日時を書いたファックスが送られて来た。私は百人町の社会保険病院で二回目のがんの手術をしていたので、そのあたりの地理に詳しかった。そこは韓国の人達が多く住んでいる所で私は豚足か何かを買ってきて食べた、美味しかった。私は土地柄を考えて平常着のままで行った。早く着いたので階段の所で待っていたら、先生が「今まで練習していて、これから着替えて来るからね」と私に声を掛けられた。

それから客はぞろぞろ入って来るが、みな自分が舞台に出るような服を着て来るので私はびっくりし、恥ずかしくなった。私は共演者を知らなかった。みな一流の人らしかった。

昔NHK・FMで海外の歌番組の歌手や歌について解説をしていらした竹村さんが司会者だった。声しか聞いたことのなかった私は本物が見られるとは思わなかった。竹村さんは結婚五十周年だといわれた。彼の声を聞かなくなってから久しい。竹村さんは司会で「日本のカーメン・キャバレロで、人間国宝になっても良いとおもっている」と先生を紹介された。私も賛成である。文科省の人は聴いたことがないのであろう。

舞台はどの演者も素晴らしかった。先生はその人達にふさわしい演奏をされた。奥様は私に一番前の席を取っておいて下さったので良く見られた。

その後、銀座でも演奏するといわれて、私は今度はオシャレをして行ったら、そこはみな、勤め帰りのサラリーマンでオシャレをした人はいなかった。

二回目に船に乗ったとき、私は「家を買った頃、近くにダンスホールがあり、子供たちを寝かしつけてから、主人とホールに行って踊った。その頃『水色のワルツ』が流行っていた」と先生に話した所、時々私の顔を見てこれを演奏してくださる。ある時、私の知らない曲だったので「これ何て曲?」と奥様に聞いたら、「彼が作曲したのよ」といわれた。又知らない曲だと思っていたら「時計を止めて」という曲だといわれた。そんな情熱的に聴こえなかったけれど、別れたくない二人の情感を感じ「誰でもそんなことあるのね。私は若かった頃、車で高速道路を家路に急ぎながら、この真っ赤に西側の窓を照らす夕日が永遠に沈まないで欲しいと思った時のことを思い出したわ」といったら、奥様も「昔、『男と女』の映画を見に主人と一緒に行き、三回目でやっと見られたのよ。主人と見た最初の映画」だといわれた。歌の題名につられてお互い昔の事を白状したことになった。私は「Comme nos voix, ba, da, ba, da, ba, da,ba da.……」と歌いながら二人で一緒に笑っていた。

東京で下船する最後のピアノはいつもより丁寧に心を込めて「水色のワルツ」

を弾いて下さった。私には「大澤さん元気でね」と聞こえた。船を出たら「大澤さん！」と大声がしたので船の方を見たら八階のデッキで二人で手を振って下さっていた。私も「さようなら」と手を振った。

いつも私に温かさを感じさせて下さるお二人である。

鯉こく

城村先生は食べ物の中でこれが断然一番好きといえる物がありますか?

私の一番好きな食べ物は「鯉こく」です。

主人は大嫌いだったのでいつも一人で食べに行っていました。

鯉こくといってもご存知のない方も多いと思う。私も軽井沢へ来るまでは知らなかった。鯉こくとは鯉をまるごと臓物も全てをぶつ切りにして入れた味噌汁である。よく妊婦やお産をした人に良いといって食べさせる。栄養が豊富でよく温まるのであろう。

私の行く店は「ゆうすげ」と決まっている。店の前に貸切の札がたててあっても入っていくと、おかみさんは私の顔を見て「いいですよ」といって鯉こく定食を持ってくる。私はそこでも「鯉こく」しか食べないからである。店の水槽にはうなぎや虹鱒、ヤマメが泳いでいるが鯉こくほど美味しくはない。一度食べたがもう食べようとは思わない。

私は小さな時、使用人たちから「これは美味しいよ」と干鰯の頭を食べさせられそれが美味しい物だと思うようになった。私は食べさせられたのは覚えていないが後年彼女達に会った時いつもそれをいって笑っていた。また、踊りや歌も教え込まれ、褒められると喜んで踊った。皆の楽しみの、良い「からかい相手」にさせられていたのだろう。でも編み物も、靴下や手袋など面倒がらずに教えてくれた。干鰯の頭を美味しいと教えられたためか小学校へ行くようになっても少しくせのあるドジョウやタニシが大好きだった。

また港町のここでは鯨が捕れて船着場に揚げられた。私は必ず見に行った。鯨のまわりは山のような人だかりであった。そんな日の昼食は決まって鯨の「すきやき」であった。黒い皮の付いた脂肪の所の肉は特に美味しかった。しかしその後捕れなくなった。

私の友達に両親がドジョウのかばやきの店をしている人がいた。私はそれを食べたさに彼女の家に行った。しかも店に寄ってから行った。彼女はとても頭がよかった。特にドイツ語が上手かった。ドジョウは頭に良いのかな?。

夏には佐久の千曲川のほとりの鮎料理を食べに行くのが楽しみの一つ。「鮎づくし」である。鮎はすべて天然で目の前の川の釣り人の釣ったのを生簀にいれておいて食べさせる。お味噌汁は鮎が一匹そのまま入っていて頭から骨まで軟らかく煮込んである。私ははらわたも一緒にした生の鮎の酢の物が好きである。ハヤの甘露煮も出る。

私は海のそばに生まれたのに川魚が好きである。特にどろくさい苦味のある物が好きである。

鮒がスーパーに出る九月になると軽井沢ではテレビのニュースで出荷が始まったことを知らせる。私は一キロの袋を買ってくる。醤油、砂糖、酒、お茶の葉を煮出した汁を一緒に煮立たせた大きな鍋に生きた鮒をどっと入れて甘露煮を作って食べる。私の知人の地元の人は六キロも買ってくる。売っている佃煮とは比べ物にならないほど美味しい。多分家人にはあまりやらないで、殆どビールのさかなに一人で食べるのであろう。

鰯の頭が美味しいと仕込まれて以来、食べ物もそれなりに変わっているのかも知れない。

自動車学校

軽井沢にいるとお店が遠いので車は必需品である。

今年も運転免許証の書き換えのための講習会の通知が来た。一月一日に住んでいた所で受けることになっている。私は始めは埼玉県立自動車学校、次は杉並の日通自動車学校で、今度は佐久の自動車学校である。私はどんな所で家からどれ位時間がかかるか行ってみた。

自動車学校に行くのが好きな人はあるだろうか？　例えば絵やお花の学校と違ってここは車のため必要に迫られて行く所だ。私は主人が透析になったら東京へは通えないと思ったので、薬局を開くのに自動車が必要と、しかたなく行った。私は家でお手洗いをすませ、近くまで迎えに来る学校の車に乗って行った。ところが自分の番が近づくと決まって緊張からかおしっこがしたくなり急いでトイレに走った。校内での一次テストはすぐ受かったが、実地テストでちょっと道路の白線を越えたから不合格だと先生はいった。私は「それ位いいじゃないの」と抗議した。先生は「それでは今日もう一回テストしてあげよう」と私の煩《うるさ》さに閉口していった。やっと合格させてもらえた。

主人は透析になっても会社に勤め続けたので結局、薬局はしなかった。

合格しても一般道を走るのは怖かった。向かいの古道具屋さんのおじさんが朝早くあまり車のいない時間に私の横に乗ってくれて、初めて走った。何回か乗ってもらって、のろのろ走れるようになった。店に薬を買いに来るお客が「大澤さんが免許を取ったのなら俺が仕込んでやる」とよくいえば、すごく上手い運転、悪く言えば無謀運転の一歩手前の運転を教えた。「高速道路は車の左前の端と左側の白線が一致するように走れ」と少しずれても叱られる。百六十キロで走らせ、百二十キロで追越するのも平気に出来るからとか、高速での車線変更の仕方、タイミング。一般道での右折や、大きなトラックが幅寄せしてきても平気になった。車庫入れもピタリと出来るようになった。ボンネットを開けて学校では教えないことも教えてくれた。お蔭で私の運転の腕は人並み以上になった。

でもそれは昔のことである。

今年の冬は軽井沢に車を置いたままで半年ほど運転していない。四月の終わりに軽井沢へ来て、運転の練習を始めた。スーパーや公園の駐車場で車の頭から突っ込むのではなく、必ず車庫入れの練習をした。私は認知症の検査と視力の検査が心配であった。

先生は女の人であった。ここは初めてなのでなんとなく落ち着かなかった。三時間も掛かって途中にお茶が出た。それでも全てクリアした。視力も大丈夫だった。講習受講の証明書をもらって軽井沢の警察に免許の申請に行って、帰って来た。認知症の人はみな、自分はそうではないと思っている。私は大丈夫だったと思って安心していると電話が鳴った。友達かな？　と思って、電話に出たら警察だった。「ピンクとグレーの帽子、貴女のじゃありませんか？」私は警察で帽子を忘れてきて、それにも気づいていなかった。認知症のことを考えるとなんとなく行き難くて、まだ取りに行っていない。

少しのボケはこの年だ、仕方ないだろう。八十六歳までの免許を得たのだ。正直ホッとした。でも今までより十二分の注意をして運転しなければと思う。

止められない私のゴルフ

（1）

私のゴルフは軽井沢に行った時の仲間の遊びのために始まった。

「軽井沢の家」の項で書いた近所の佐藤さん夫婦は、ご主人が定年になり暇になって、軽井沢に行った時のために、先ず奥さんにゴルフを覚えさせ、その友達であった私には車を運転させ軽井沢に連れて行かせたいのだが、私だけ一人おいてゴルフに行くわけにもいかず、私にもゴルフを勧めた。

以前、大宮の高島屋の一軒置いて隣に、シントミゴルフがあった。そこへ三人で行き、ご主人が選んで、ゴルフのハーフセット、バック、パター、手袋、靴一式を五万円で買った。サンドウェッジだけなかった。そのせいか私は今もってサンドウェッジが苦手である。

私は勤務先から帰って、夕食を作り、皆で食べて片付けたら、八時にゴルフ練習所へ行って、九時に「蛍の光」が鳴って閉まるまで、週三、四回練習した。男の先生と女の先生がいて、私は男の先生に七番アイアンから習った。その練習場にはいつも常連さん達がたむろしていたが私がドライバーを習うと、その連中は「あの先生に習っていてはいつまでも上手にならないよ」と口を揃えていった。私は女の先生に代えた。「女性は力が無いからスゥエイして身体で飛ばしなさい」と教えた。よく飛ぶようになった。

ある日佐藤夫人に連れられてゴルフ場に初めて足を踏み入れた。

彼女は私と違って、一時間あたりの値段の高い広い練習場で、上手な先生についていた。ゴルフ場でもプロの先生を付けて廻っていた。その日はゴルフ場のプレー費、先生へのお礼一人一万六千円、先生の昼食代半分ずつを出した。そんなにお金を出したのに、先生は彼女が一人で出したのかと思ったのか、私には何も教えてくれなかった。彼女はその上にゴルフウェアをプレゼントしていた。私は自分がどれ位で廻ったのか数える余裕もなかった。もう彼女と二人では行かなかった。でも軽井沢では佐藤さん夫婦とあちこちでプレーし楽しい時を過ごせた。

ボールが少し飛ぶようになったので主人はゴルフの会員権を買ってくれた。手数料や名義変更料共で百六十万円だった。私はそこの女性の会「ひばり会」に入った。女の先生に代えたお蔭で、四人中ドライバーは一番飛んだ。パットも短いのは外さなかった。でもいつも下位にいた。

そのうち潜伏していたC型肝炎ウイルスの免疫力が衰えて病気が発症した。ゴルフどころではなくなった。満足に立っていることも出来なくなって、入院し、勤めも辞めた。もう治らない病気と知って諦めきれない気持ちで会員権を手放した。四百二十万円であった。税務署の人は「今どき、儲けて会員権を売る人などいない。バブルが終わって、みんな借金して買ったのを損して手放している」と話していた。病気でプレー出来なくて手放した私は儲けてもちっとも嬉しくはなかった。私の一年後輩の人はそこを数年後に「十万円で手放した」といっていた。

（2）

C型肝炎の項で書いたように「インターフェロン」の注射をしたら又、ゴルフが出来るようになった。しかし直ぐに元気に出来た訳ではない。午前のハーフは出来たが昼食の後、一時間位横になって、やっとまた後の四、五ホールを廻った。徐々に休んでいる時間が短くてすむようになり、一年位で全ホール続けて出来るようになった。

主人もそのころ身体が透析に慣れてきてゴルフを楽しむようになっていた。二人で方々へ行った。でも本当に元気な訳ではないので練習には殆ど行かなかった。夫婦でする遠慮のない下手ゴルフであったが、私達にとってはかけがえのない楽しいひと時であった。

私の大学の薬学部には、首都圏支部ゴルフ同好会があり、春と秋にコンペが開かれた。八十回以上も続いていて、私はそれに出るのが楽しみであった。しかしこの頃、歩いて廻ることが出来なくなって脱会した。以前は大利根カントリーや八千代、習志野、すみれ等へ行った。五年に一回は泊りがけで温泉のあるところへ行った。前日の夜は宴会でどっちが目的なのか判らないような人もいた。その同好会で行った「藤岡温泉ゴルフ場」の温泉が気に入り八万円出して会員になった。pH10の温泉は肌がつるつるになった。コースは中村寅吉さんの設計で、山の中なのに面白く出来ており、グリーンは旗の位置で45で廻ったり、65以上打つときもあった。だんだん肝硬変も進行して山の中は無理になり、0円で手放し、茨城県の「新茨城ゴルフくらぶ」というフェアウェーもカートで廻れる楽なコースを買った。

ある日、クラブバスを待っていたら、両腕に松葉杖をついて、練習場へ持っていくような小さなゴルフバッグを肩に担いだ人が居た。私と同じクラブバスに乗り込んで来た。その日は身体障害者のゴルフ大会が開かれ、片方の足や腕のない人達が大勢来ていた。プレーの途中でバスの中の松葉杖の人を見た。一生懸命プレーしていた。バンカーの中から一回で出している片腕の人もいた。みんな真剣で楽しそうであった。その人達は後でコンペをしていた。きっと仲間どうしの久しぶりの集まりなのだろう。話もはずんでいる様子だった。ゴルフ場の人も好意的なのか、その日は帰りのバスが一時間以上遅れた。帰りのバスは障害者の人達でいっぱいだった。そのうち一人が立ち上がって、「オイ、俺のスコアーカードを見ろよ、一パットが9回だぞ」とカードをひらひらさせ、高く上げて見せた。車から降りたらその人が近づいて来て、私に聞きもしないのに「旗までの距離、上り下りの角度を見て打つ強さを決めて打つんだ」といった。私もそれくらいはしている。彼はその時の集中力で片足のハンディを見事に補っている。一回で入れる集中力は常人にはない。パターの時は彼を思い出し集中することにしたいが無理だ、私には。

（3）

私は肝臓が悪いからか人より寒さに弱い。それで冬は南方を回る船に乗っている。ゴルフも南の島でする。

オーストラリアの西海岸のパースでは、インターコンチネンタルホテルのバースウッドゴルフでプレーをした。ホテルの予約は日本で出来たが、ゴルフ場の予約は一週間前からしか受け付けなかった。船の中だったのでメールで一日遅れの予約になった。メールで「十一時五十分のスタート」だといってきた。日本の冬はパースの真夏である。その日も四十度になったそうだ。私達は船の人に「ゴルフ場に電話して何とかして欲しい」といったのだが、「個人のそんな電話は受け付けられない」と断られた。しかたなく私は「I have no reason to stay your hotel. I want start 5:30.（11時スタートでは、高いお金を出してゴルフ場付属のインターコンチネンタルホテルに泊まる理由がない。朝5時半スタートにしてほしい）」とメールをした。次の朝、「OK, you start 5:20」とメールが来ていた。

ゴルフ場の彼等も少しはものの解る人達だったのだ。4時過ぎに起きてタクシーで行ったら、前に一組プレーしていた。暑くなく朝のすがすがしさでゴルフは快適だった。しかし私は冷たい赤いジュースを飲んで下痢を起こした。私の下痢のためプレーが遅れた。後ろの組の人が大声で何か怒鳴った。友達は「先に廻らせろといっているんじゃないの？」私達は木の陰に入った。私の胴体位の太ももに短パンをはいた大男達が私たちの方をちらと見て風のように立ち去って行った。18番ホールのグリーン近くの草むらやバンカーの端にStolen From Burswood（バースウッドゴルフ場から盗った）と赤字で書かれたボールが置いてあった。友達と記念に貰って来た。今も大切に飾ってある。

その後、船がマレーシアのコタキナバルに停泊した。日本ですでにステラハーバーゴルフ場の予約をしておいたので、六時に迎えの車が船に横付けになり、朝早くゴルフをした。とても良く訓練されたキャディさんが付いた。四番ホール位から、打ったボールのそばへ行くと「あと何ヤード」といい、さっとクラブを渡した。それで打てば間違いなくそばまで行った。七番アイアンを渡して「あそこにクリークがある」といった。信じて打つとしっかり手前に落ちた。

キャディは初老の夫婦を指差して、「あの人達は日本人だよ。ここに住んでここの会員権を買って毎朝ゴルフに来るよ。年に二回は日本の医者に行くようだ」と英語で上手に話した。そして「あそこは自分の家だ」とゴルフ場の前の水の上を指差した。ブルーのトタン屋根の水上家屋だ。日本人が思っているより涼しくて快適のようだ。

コタキナバルのスーパーは店長以下誰も英語は通じなかった。中国語の漢字はなんとか分かるので必要な物はなんとか買えた。はちみつが安いと案内書にあったので蜂蜜屋へ行った。電子計算機を真ん中にしてお互いポンポンと打ち合って値段を決めた。英語は通じない。

バリ島では船長とペアを組んでゴルフをした。みんなに羨ましがられたが、暑くて湿気が多くて体力を消耗し何も考えられない。自分で何をやっているのか解らないどころか早く終わってほしいと思うゴルフだった。バリ島の雨期には行くものではない。

フィジーでは「デナラウゴルフ&ラケットクラブ」でプレーした。日本人が設計して島で一番のコースだというから日本に似た良いゴルフ場かなと思ったら、池とクリークが各ホールにある。以前沼だったところを埋め立てて作った所だそうだ。ずいぶん池にボールを入れた。

やはりハワイが気候もゴルフ場も一番良かった。日本人が冬にゴルフをしにハワイに行くのがよく判った。ソニーオープンの開かれるワイアライは私のゴルフ場の地図には載ってなかった。地図等見てくる人がプレイ出来る所ではないようだ。私達はオアフ島のワイケレカントリーを渡辺ゴルフというゴルフ屋さんにとってもらってプレーをした。玄関に「まいにちゴルフ」と書かれた車があった。私達の前の組は日本人の人達だった。ハワイ島のヒロ飛行場は四十年前に来たことがある。懐かしくとても蒸し暑かったのを思い出させた。

(4)

子供たちが大きくなり、それぞれ独立して家を離れ、私もやっと佐藤夫人ほどではないがゴルフにお金が使えるようになった。私も彼女が行っていた広いゴルフ練習場にした。クラブも新しく売り出されたよく飛ぶものに替えた。そこには先生が六人もいた。私はレッスンプロではない、日本プロ協会の資格を持っている人に付いた。六十七歳であった。先生は「三年間で教えろというのか」といったが、「ヤヨイちゃん」「ヤヨイちゃん」といっていつも時間を超過して教えてくれ、私は身体が悪いので一かごしか打てないのに、倉庫から赤い線のあるゴルフ場のボールでないのを五、六個出してきて最後に打たせた。この年になってもまだゴルフが出来るのは彼のゴルフのフォームを見て習ってきた結果だと思っている。

先日八十三歳の誕生日の記念にゴルフに行った。片桐さんという感じの良いご夫婦で旦那さんは私のボールの行った所を良く見て探してくれ、奥さんは「今日は大澤さんと一緒だったので夫婦喧嘩しなくてすんだわ」といっていた。

帰ったら娘が「お母さん遅いじゃないの。今日はお母さんの誕生日でしょ、高級な美味しいすしとマキシムのケーキを用意して待っていたのに。すしは時間が経つとまずくなるのよ」と叱られた。
今日は最初のパットが良くなかった。今度はもっと気を付けねば駄目だ。ベッドでの反省会
スースー、スースー。スヤスヤ。

2014 年 1 月「ぱしふぃっくびーなす」で訪れたフィージーにて。左から 2 番目が著者。

あとがき

他人の人生の話なんて面白くもないかもしれないが、なかなか、人の人生を覗き見する機会はないだろう。それぞれ、ご自分の人生と比較して読んで下されば、興味ある部分がきっとあると思う。少しでも興味を持たれ参考となるならば誠に幸いに存じます。

船の中で今回は川柳教室があり船で知り合った友達にさそわれて行ったら、先生は江戸の川柳の流行の理由の話のあと

自分史を書きポックリと逝った友

という句をあげられた。私はいつ出来るか判らない自分の本の事を考えてつい一句。

自分史を書きかけ中途で逝った人

書き終えた今は、前の句のようにならないように健康に気をつけねばと思っている。

私は最初のがんの時は肝硬変のチャイルド期と言われた。あれからF2かF3に進んでいると思われる。C型肝炎のがんは「もぐらたたき」と言われて、次から次とがんが再発する。がんを手術したことのある人に少しでも参考になればと思う。そして病気でも負けずに生きたい人に読んでいただければと思う。

城村先生には編集、刊行にあたり一方ならぬご援助を頂き深く感謝申しあげます。

大澤彌生

平成二十六年十月

大澤彌生（おおさわ やよい）

富山県生まれ、富山薬学専門学校（現富山大学薬学部）卒、薬剤師。
著書に『古代エジプトの秘薬』がある。

花《はな》いっぱいの家《いえ》で

2014年11月15日　初版発行

著　者　　大澤彌生
発行者　　青木誠一郎
発行所　　株式会社 学芸みらい社
〒162-0833 東京都新宿区箪笥町43番 新神楽坂ビル
電話番号　03-5227-1266
http://www.gakugeimirai.com/
E-mail：info@gakugeimirai.com
印刷・製本所　藤原印刷株式会社
装　幀　　大庭もり枝（ポエムピース株式会社）
編　集　　城村典子

落丁・乱丁本は弊社にお送り下さい。送料負担でお取り替え致します。
 ISBN978-4-905374-43-5 C0095